Dumm Tüch

Cornelia Leymann, geboren 1951 in Hannover, hat dort erst Pädagogik und dann Verkehrsingenieurwesen studiert und ist nach einigen Umwegen in Kiel hängen geblieben, wo sie als EDV-Spezi in Kieler Großbetrieben arbeitete. Heute widmet sie sich neben ihrer großen Liebe Bridge nur noch dem Schreiben und Malen.

CORNELIA LEYMANN

Dumm Tüch

KÜSTEN KRIMI

emons:

Bibliografische Information der Deutschen Nationalbibliothek
Die Deutsche Nationalbibliothek verzeichnet diese Publikation in der Deutschen Nationalbibliografie; detaillierte bibliografische Daten sind im Internet über http://dnb.d-nb.de abrufbar.

MIX
Papier aus verantwortungsvollen Quellen
FSC® C083411
www.fsc.org

Umschlagmotiv: photocase.com/Läns
Umschlaggestaltung: Tobias Doetsch
Gestaltung Innenteil: César Satz & Grafik GmbH, Köln
Lektorat: Dr. Marion Heister
Druck und Bindung: CPI – Clausen & Bosse, Leck
Printed in Germany 2016
ISBN 978-3-95451-976-7
Küsten Krimi
Originalausgabe

EINS

Kiel war ja mal eine Insel. Also nicht so eine wie vielleicht Hawaii, ein Eiland in einem Meer aus Nichts und Wasser. Eher so wie ein Spiegelei. In der Mitte das Ei, drumherum so ein bisschen Pfanne – in unserem Fall Kieler Förde und Stadtgraben – und dann gleich der Pfannenrand in Form von Festland. An der einen Ecke klebte das Ei sogar ein bisschen am Pfannenrand fest, ein schlanker Übergang. Aber so eine schmächtige Furt zum Rest der Welt reicht natürlich nicht, wenn ein Ei anfängt, aus allen Nähten zu platzen.

Daher haben schon die Altvorderen Brückchen an Brückchen über den Alten Stadtgraben zum Pfannenrand gebaut und schließlich »Was soll's« gesagt und das Teil so weit überdacht, dass heute nur noch drei kleine Tümpel darunter hervorlugen.

Na, das ist gemein, dass ich »Tümpel« sage. Zwei dieser Tümpel sind nämlich hübsch angelegte kleine Seelein mit Entchen drauf und allen Schikanen. Nur der letzte Tümpel konnte sich noch lange – immerhin bis 2002 – als absolutes Drecksloch behaupten. Doch jetzt ist er picobello mit Sitzstufen bis zum Wasser, alles total nett gestaltet, und im Sommer jagt hier ein Happening das nächste. Nur ganz eingeweihte Eingeweihte können noch einen Bezug zu seinem Namen »Bootshafen« herstellen, denn von Boot natürlich keine Spur, und als Hafen ist es auch nicht zu gebrauchen. Der müsste ja an einer Seite offen sein, damit die Schiffchen rein- und rauskönnen. Ist aber alles schon in Planung. Der Bootshafen soll zuerst einmal durch einen Kanal mit den beiden kleinen Seelein verbunden werden. Dann sieht man weiter. Man pirscht sich also langsam wieder an den Urzustand ran. Rückbau nennt man so was, glaub ich.

Nun, warum erzähle ich dir das?

Stell dir vor, du sitzt mit deinem Coffee to go auf den Stufen des Bootshafens und schaust ins Wasser. Das kannst du unbesorgt machen, denn »Coffee to go« heißt, dass du damit von Starbucks über die Straße zum Wasser gehen darfst. Ich sage das nur, weil das vielleicht nicht jeder weiß. Deshalb gibt es in Kiel manchen Kiosk mit großem Schild: »Kaffee to go – jetzt auch zum Mitnehmen«. Ja, wir Kieler haben ein Herz für unsere nicht ausländisch sprechenden Mitbürger.

Du sitzt da also mit deinem Pappbecher und schaust aufs Wasser. Das ist schnell überschaut, für die paar Quadratmeter braucht man nicht lange. Du schaust und schaust und denkst plötzlich: Was erschaue ich denn da? Die Sonne steht vielleicht etwas ungünstig, richtig erkennen kannst du es nicht, und als du es endlich erkennst, da wird dir schlagartig klar: Das willst du gar nicht so genau erkennen.

Es gibt natürlich immer genügend andere, die das doch ganz genau erkennen wollen. Das sind die, die auf der Autobahn immer tierisch langsam an der Unfallstelle vorbeifahren, damit sie das alles ganz genau erkennen können. Ich selber fahre dann zwar auch immer besonders langsam, aber nur, um die Rettungskräfte nicht zu gefährden. Und wenn ich schon mal so langsam bin, dann kann ich natürlich auch mal schau'n, was passiert ist.

Na, was soll ich lange drum herumreden. Da schwimmt eine flache, kleine Insel, die selbst du, obwohl du von der Sonne ein wenig geblendet wirst, als menschlichen Rücken erkennen kannst. Da braucht es nicht viel Phantasie, um sich den Rest vorzustellen, der unter Wasser an dem Rücken dranhängt. Wer mal einen Rumtopf angesetzt hat, weiß, wovon ich rede. Aber weil im Bootshafen kein Rum ist, wird das, was die Polizei dann aus dem Wasser fischt, nicht besonders gut riechen.

Deshalb kann ich dir nur raten, mit deinem Coffee to go wieder über die Straße zu gehen und das weitere Geschehen aus geruchsneutraler Entfernung zu beobachten. Jetzt siehst du natürlich nicht mehr so sehr viel, weißt nicht einmal, ob die Leiche männlich oder weiblich ist. Und ob sie komplett ist oder ihr vielleicht irgendein unwichtiges Detail fehlt – ein Finger beispielsweise –, das siehst du natürlich überhaupt nicht.

Macht aber nichts. Das erzähle ich dir jetzt. Und zwar von Anfang an.

***

Kiel war ja mal eine Insel – das hatten wir schon und auch, dass durch etliche Brückenschläge das doch sehr begrenzte Platzangebot, das eine Insel – zumal eine kleine – naturgemäß bietet, mächtig erweitert wurde. Heute können die Kieler Stadtväter auf fast zweihundertfünfzigtausend Untertanen hinabschauen.

Schade nur, dass sich nicht auch der andere Wasserarm, der die damalige Insel zur Insel machte, nämlich die Kieler Förde, zupflastern ließ. Dieses lästige Gewässer ragt weit in Kiel hinein und bildet einen tiefen Graben, der nicht nur die Stadt in *up* und *down*, sondern auch seine Bewohner in Arm und Reich spaltet.

Da ist es schön, dass Frau Hertling auf der Upperside wohnt und damit zu den Reichen gehört. Zu den richtigen Reichen natürlich nicht, denn sie wohnt im Stadtteil Suchsdorf und somit recht weit vom Zentrum entfernt. Wenn man bei Kiel überhaupt von so etwas wie einem Zentrum sprechen kann. Geografisch gesehen müsste die Untiefentonne vor HDW das Zentrum sein.

Suchsdorf gehört eher zum Stadtrand, von dem es ja schon geometrisch bedingt sehr viel mehr gibt als von der Mitte einer Stadt. Aber Suchsdorf ist zumindest auf der richtigen Seite, also im Westen Kiels gelegen, beherbergt zwar nicht die reichen Düsternbrooker, aber immerhin die

Bessergestellten. Im Gegensatz etwa zu Gaarden – Ostufer (!) –, das sich die Armen mit den Migranten teilen.

Jetzt allerdings ist Frau Hertling nicht in Suchsdorf, sondern sie ist weg. Nicht richtig weg natürlich, Materie verschwindet nicht so einfach, wie die Physiker unter uns wissen, aber sie ward nicht mehr gesehen. Und zwar schon länger nicht mehr. Wie lange genau, weiß man nicht. Auch das ist anders als in Gaarden, wo wahrscheinlich schon nach zwei Stunden gefragt würde, wo eigentlich Fatma abgeblieben ist.

Frau Hertling ist jedenfalls weg beziehungsweise nicht da, was der Postbote als Erster merkt, weil er die vielen Werbesendungen nicht mehr in den Briefkasten kriegt. Ein Postbote war früher, also ganz früher, ein Beamter in Uniform, der so etwas Geheiligtes wie einen Brief dem Empfänger persönlich überbrachte. Morgens, mittags und abends. Zu Fuß. Dann kamen die schönen Zeiten des Fahrrads, als er immerhin noch zweimal pro Tag bei dir vorbeiradelte. Bald danach kam er mit dem Auto, dafür aber nur noch einmal am Tag.

Heute sind Postboten gehetzte junge Männer mit Upps oder Hopps oder Hermes auf dem Rücken, die im Laufschritt mit Päckchen bis fünfzig Kilo um sich werfen, und du musst dich nicht wundern, wenn sie wieder dreimal am Tag vorbeischauen – ein letztes Mal am späten Samstagnachmittag. Nur am Sonntag kannst du vor dem Postmann sicher sein, wenn's ein Mal klingelt. Na, der würde ja auch zwei Mal klingeln.

In Anbetracht der angespannten Lage eines Postüberbringers, der pro Stunde bummelig hundertzwanzig Zustellungen zu bewältigen hat, ist es eigentlich verwunderlich, dass der Postbote überhaupt etwas von Frau Hertlings Verschwinden mitbekommt. Hingegen nicht sonderlich verwunderlich ist, dass er sich nicht weiter darum kümmert. Zeit ist schließlich Geld.

Die Nachbarin hätte es natürlich auch merken können, weil sie seit geraumer Zeit ein Päckchen für Frau Hertling hütet. Aber wie das so ist: Man hat mit Kochen, Bügeln und Waschen sein Tun, da sticht einem ein herrenloses Päckchen auf der Kommode schon bald nicht mehr ins Auge. Man gewöhnt sich halt. Irgendwann hat es sich unauffällig in die Flurlandschaft eingearbeitet, gehört quasi irgendwie dazu. Sie kümmert sich ebenfalls nicht um das Wegsein von Frau Hertling.

Wer sich kümmert, ist Frau Hertlings Sohn. Und das, obwohl er eigentlich gar keine Zeit hat. Seine Frau und die Tochter halten ihn mächtig auf Trab, und in seiner kleinen Druckerei beschäftigt er zweieinhalb Mann. Der weitere halbe fehlt an allen Ecken und Enden. Patrick versucht, dessen Arbeit mitzumachen. Er will nicht mehr Leute einstellen, denn so viel wirft der Laden nicht ab. Außerdem kann sich die Auftragslage ruckzuck verschlechtern, und dann liegt ihm der weitere halbe Mann noch zusätzlich auf der Tasche.

Jetzt denkst du vielleicht: Wenn die Auftragslage mau ist, hat er wenigstens mal Zeit, zur Besinnung zu kommen, kann sich mehr um seine Familie kümmern, mal abschalten und die Batterien wieder auftanken. Aber da kann ich nur sagen: Du hast keine Ahnung, denn dann hat so ein Kleinstunternehmer erst recht zu tun. Er muss neue Aufträge an Land ziehen, und das völlig übermüdet, denn nachts werden die Existenzsorgen übermächtig, und er kann vor Angst nicht schlafen.

Zurzeit allerdings läuft es gerade so einigermaßen. Er kommt aber trotzdem nicht zur Ruhe, denn Phinchen ist noch weit davon entfernt, nachts durchzuschlafen. Phinchen ist ein Jahr alt – mein Gott, was red ich denn da? In diesem Alter ist man noch wesentlich genauer. Phinchen ist fast dreizehn Monate alt und heißt eigentlich Sophie. Spätestens wenn sie zwölf ist, wird sie mal ein paar Takte mit ihren Eltern reden müssen, sollten die sie dann immer noch Phinchen nennen.

Noch aber läuft sie mit hohen Quietschern begeistert auf ihren Vater zu, wenn der »Na, Phinchen, wer kommt in meine Arme?« sagt. Denn Phinchen kann schon laufen. Nicht sehr gut und nicht sehr schnell, dafür unberechenbar.

Im Augenblick sagt Patrick nicht: Wer kommt in meine Arme? Sondern: »Ich muss mal bei Mutter anrufen. Die meldet sich gar nicht mehr.«

»Also, mir fehlt es nicht, wenn sie mal drei Tage nicht anruft«, sagt Petra spitz.

Sie hat Phinchen auf dem Schoß, die im Schleudergang dem Vater entgegengeeiert war und dabei unsanfte Feindberührung mit der Tischkante hatte. Patrick nimmt das Telefon in die Hand und wartet, bis Petra mit Pusten auf die Stirn und Gutschi-Gutschi-Lauten die Kleine so weit in den Griff kriegt, dass er sein eigenes Wort wieder verstehen kann.

»Es ist mindestens eine Woche her, dass sie zuletzt angerufen hat«, sagt er trotzig und wählt die Nummer seiner Mutter.

»Das fehlt mir auch nach einer Woche nicht«, brummt Petra. »Nicht wahr, mein Kleines«, flötet sie, »das fehlt uns nicht, wenn die Omama mal eine Woche nicht anruft.«

»Mama«, sagt Phinchen begeistert.

Sie nennt ihre Mutter Mama. Ihren Vater nennt sie auch Mama. Wenn man's genau nimmt, nennt sie eigentlich alles und jeden Mama. Es ist das einzige Wort, das sie kann. Nun, auch das wird sich ändern, bis sie zwölf ist.

Untermalt von einem Akustikbrei aus Mama, Mamama und mütterlichem Geflöte hat Patrick inzwischen die Festnetznummer, die alte Handynummer und die neue Handynummer seiner Mutter durchprobiert. Aber außer einer freundlichen Frau, die ihm mitteilt, dass *the person you have called temporary not available* ist, hat er niemanden erreicht.

Nun, das muss nichts heißen. Seine Mutter ist selten zu Hause, weswegen der häusliche Anschluss im Grunde nur noch zur Zierde da ist. Ihr altes Handy benutzt sie kaum noch, schließlich hat sie ja jetzt ihr neues Luxus-Smartphone. Mit diesem Super-Hightech-Teil müsste der Anruf allerdings eigentlich klappen.

Patrick nimmt das Telefon vom Ohr und schaut es prüfend an. Wieso sagt die freundliche Frau, dass seine Mutter nicht *available* ist? Sie ist immer *available*, wenn sie sieht, dass einer ihrer Söhne sie anrufen will. Wahrscheinlich kann sie mit dem neuen Ding noch nicht richtig umgehen.

Ein ganz klein wenig erstarrt er innerlich bei diesem Gedanken. Er möchte nicht wissen, was sie dazu sagen würde. Der Gedanke würde eine Lawine lostreten, die von »Natürlich kann ich damit umgehen« über »Du glaubst wohl, dazu bin ich schon zu alt« bis hin zu »Du hast ja auch nie Zeit, mir das mal richtig beizubringen« reicht. Und das alles in einem Tonfall von brüsk-beleidigt bis anklagend-weinerlich.

Nun gut, vielleicht kann Mutter das Telefondisplay nicht lesen. Ganz sicher aber kann sie keine Gedanken lesen. Oder doch? Manchmal hat er beinah den Eindruck.

Jedenfalls bleiben seine Versuche, die Mutter zu kontaktieren, erfolglos, weswegen er die Nummer seines Bruders wählt. Vielleicht weiß der ja, wo sie steckt. Leider hat Phinchen just in diesem Moment beschlossen, dass so ein mütterlicher Schoß doch auch recht langweilig sein kann, zumal wenn der Vater was Schwarzes in der Hand hält, das anscheinend seine ganze Aufmerksamkeit beansprucht. So was ist ihr nicht recht.

Phinchen steht gerne im Mittelpunkt. Tut mir wirklich leid, dass ich das über dieses zauberhaft süße Kind sagen muss, aber diese Eitelkeit ist eine kleine Schwäche von ihr. Obwohl, genau genommen kann sie eigentlich gar nichts dafür, sie ist es eben nur nicht anders gewohnt.

»Ist gerade ganz schlecht«, hört er die etwas atemlose

Stimme seines Bruders. »Die Kleine hat sich unter dem Stuhl festgeschmissen.«

Ohrenbetäubendes Gebrüll dringt aus dem Telefon und explodiert auf Patricks Trommelfell. Phinchen ist inzwischen verhältnismäßig fehlerfrei auf ihren Papa zugetrippelt, klammert sich an den Saum seiner Shorts und schaut in Erwartung des üblichen Lobes zu ihm auf. Als nichts kommt, brüllt sie ebenfalls und nutzt die Zeit zwischen zwei Brüllern, um ihren Vater ins Bein zu beißen. Reflexartig schubst er sie weg.

Phinchen fällt, stößt sich den Hinterkopf und hat jetzt wirklich allen Grund, richtig loszuheulen. Dieses hochtonige Gebrüll, einerseits aus dem Telefon, andererseits und deutlich unangenehmer aus nächster Nähe – in Stereo also – gibt Patrick den Rest.

»Bring endlich dein Kind ins Bett«, schreit er Petra an, während er sich den schmerzenden Oberschenkel reibt.

Damit trifft er Petra an ihrer empfindlichsten Stelle.

»*Dein* Kind«, hat er gesagt. Das ist ja wohl typisch. *Meine* kleine Süße hier, *mein* Schätzchen da, *mein* kleines Phinchen allerorten, aber wenn die Kleine mal brüllt, heißt es: *dein* Kind. Darüber müsste sich Petra nun eigentlich wirklich nicht aufregen. So soll es ja in vielen Familien zugehen. Hört man dauernd. Aber bei Patrick und Petra ist es noch eine Nummer härter, denn Patrick hat aus erster Ehe eine Patricia, die alle vier Wochen zum Wochenende kommt und die sich nicht immer untadelig benimmt. Sagt dann Petra etwa: *Deine* Tochter hätte unser armes Phinchen beinah mit kochend heißem Wasser verbrüht? Oder *deine* süße Patricia hat meine goldige Tochter beinah mit der Teekanne erschlagen?

Nein. Sie benimmt sich immer mustergültig, tröstet beide Kinder gleichermaßen und tut alles, damit sich Patricia nicht benachteiligt, sondern bei ihr wie zu Hause fühlen kann. Obwohl es ihr wirklich nicht immer leichtfällt. Das

Mädchen ist zwar eigentlich schon ein Schulkind, benimmt sich aber, als wäre es noch in den Flegeljahren und wollte auch so bald noch nicht herauskommen.

Wenn das so reineweg gar nicht von ihrem Mann gewürdigt wird und er sich solche verbalen Ausrutscher erlaubt, dann kann Petra schon mal ungemütlich werden. Und das wird sie jetzt. Ich will dich nicht mit Details langweilen. Nur so viel: Es gibt manches, was Petra ihrem Mann vorwerfen kann, und das tut sie nun. Dabei fallen ihr auch schon etwas länger zurückliegende Dinge ein, die sie mit hoher, empörter Stimme, die so unangenehm in Männerohren ankommt, alle einzeln rüberbringt.

Kurz: Das Chaos ist perfekt. Und warum das Ganze? Weil Patrick unbedingt seine geliebte Mami anrufen muss. Wenn man Petra fragt, ist eigentlich immer die Schwiegermutter schuld, wenn es zwischen ihnen beiden zu solchen Szenen kommt. Manchmal könnte sie die Frau wirklich umbringen.

***

Während Petra versucht, Phinchen ins Bett zu bringen, nutzt Patrick die herrliche Stille, um weiter mit Thorsten zu telefonieren. Auch auf der anderen Seite der Leitung ist inzwischen Ruhe eingekehrt. Bevor er jedoch zu seinem Anliegen kommen kann, muss Thorsten erst einmal loswerden, wie seine Tochter, die mit ihren knapp acht Monaten wie ein Wiesel durch die Wohnung krabbeln kann, sich unter einem Stuhl eingeklemmt hat. Die Querstreben haben ihr immer draufgehauen, sowie sie den Kopf hob.

»Das sah so ulkig aus«, sagt Thorsten, und Patrick kann die väterliche Begeisterung in seiner Stimme hören. »Und dabei hat sie geschrien wie am Spieß.«

»Hab ich mitgekriegt. Aber ich ruf wegen Mutter an. Hast du was von ihr gehört?«

»Du, dafür hab ich jetzt wirklich keinen Nerv«, sagt Thorsten, und die väterliche Begeisterung weicht sohnlichem Unmut. »Die hat sich schon länger nicht mehr gemeldet, und das ist gut so. Ich hab Wichtigeres zu tun, als mich dauernd um Mutter zu kümmern.«

»Was hast du denn schon groß zu tun?«, fragt Patrick unbedacht. »Als Lehrer hast du doch dauernd frei. Wenn bei mir der Stress erst richtig losgeht, hast du doch schon die Füße auf dem Tisch und lässt es dir gut gehen. Mein Gott, dein Leben möchte ich haben.«

Damit hat er bei seinem Bruder genau ins Schwarze getroffen.

»Schön, dass wir mal darüber geredet haben«, sagt er bissig, und knack – das Telefonat ist zu Ende.

Genau rechtzeitig, denn Phinchen hat ihrer Mutter inzwischen unmissverständlich klargemacht, dass sie noch ein wenig aufzubleiben gedenkt.

Es ist dann noch eine lange Nacht geworden.

***

Am nächsten Tag ist Phinchen total aufgeräumt und bester Laune, Petra hingegen völlig verpennt, weswegen sie sich nicht zu einer Fortsetzung des gestrigen Streits aufraffen kann. Patrick macht, dass er in den Laden kommt, um den Frieden nicht mit unbedachten Äußerungen zu stören – und weil er schon spät dran ist.

Erst in der Mittagspause findet er endlich Zeit für die verschwundene Mutter. Er schickt ihr eine SMS, wartet ein wenig, ob sie sich daraufhin vielleicht meldet, und tippt, als das nicht der Fall ist, Papas Nummer. Papa ist ein wichtiger Mann, und wichtige Männer haben etliche Telefonnummern, damit sie immer erreichbar sind. Herr Hertling hat drei Telefonnummern und ist rund um die Uhr erreichbar – wenn man die richtige wählt.

Wenn ...

Tut – tut – tut. Tut – tut – tut. Die heimatliche Festnetznummer scheint nicht die richtige zu sein.

Natürlich nicht.

Zu Hause ist Papa schon lange nicht mehr, denn zu Hause ist nicht mehr sein Zuhause. Herr Hertling wohnt zwar eigentlich genau wie Frau Hertling in Kiel, aber eben nur eigentlich. Ganz eigentlich wohnt er in Heikendorf, also doch nicht wirklich in Kiel, weil Heikendorf sich bisher erfolgreich gegen eine Eingemeindung wehren konnte. Andere Dörfchen wie Wik, Hassee, Wellingdorf und natürlich Suchsdorf wurden alsbald von der ehemaligen Insel Kiel verschluckt, aber Heikendorf hält tapfer stand. Muss direkt verwundern, wo doch Holtenau und Friedrichsort, die nur wenige Kilometer entfernt auf der anderen Seite der Förde liegen, schon lange heim ins Reich gekommen sind. Vielleicht macht Heikendorf es wie Kronshagen, das auch nur eigentlich zu Kiel gehört – hat sogar die Kieler Vorwahl –, aber ansonsten zum Kieler Speckgürtel zählt, von seiner Lage allerdings eher ein dicker, fetter Speckwürfel mittenmang ist.

Heikendorf wird, obwohl auf der Ostseite der Kieler Förde gelegen, von den Besseren bewohnt. Damit das möglich ist, hat es genügend Raum zwischen sich und die Gaardener Armut gelegt und als Puffer noch die Örtchen Dietrichsdorf und Möltenort dazwischengepackt. Also Upperclass, die Heikendorfer Klasse, und Herr Hertling passt prima rein. Von seiner Ex, also von Frau Hertling, der Mutter seiner Kinder, wohnt er Luftlinie acht Kilometer weg, ist aber dank der Förde und seiner zweiten Liebe meilenweit von ihr entfernt.

Papa wohnt schon seit beinahe dreizehn Jahren nicht mehr zu Hause, und seit fast sechs Jahren hat er ein kleines Haus in Heikendorf. Dass Patrick für seinen Vater immer noch die Nummer in Suchsdorf gespeichert hat, ist beinah ein bisschen – ja, wie soll ich sagen – scheu im Umgang mit unangenehmen Wahrheiten? Realitätsfern? Paranoid?

Na, jedenfalls kriegt er dann doch noch eine richtige Nummer zu fassen, und es klingelt in Papas Büro.

***

Herr Hertling ist Ministerialdirigent. Da kann man nicht einfach so telefonisch auf seinem Trommelfell aufschlagen und ihn vollquatschen. Auch nicht, wenn man das eigen Fleisch und Blut ist. Da ist ein Filter vorgeschaltet. Dieser Filter heißt Frau Kleinheim.

»Ihr Sohn Patrick möchte Sie sprechen«, sagt sie durch die telefonische Gegensprechanlage. »Soll ich durchstellen?«

Wenn Patrick anruft, muss Herr Hertling erst einmal tief durchatmen und sich in seinem Sessel senkrecht setzen, bis er sich mental gerüstet fühlt. Meine Güte, wie sich alles geändert hat. Früher ist der Kleine durchs Zimmer gekrabbelt und hat immer so niedlich »Baba, Baba« hinter ihm hergerufen. Fußball haben sie zusammen gespielt. Patrick immer mit mächtigem Anlauf und dann Schuss – aber leider mit seinen kleinen Füßen immer haarscharf am Ball vorbei. Herr Hertling lächelt, als ihm das Bild durch den Kopf schießt.

Während der Schulzeit haben sich dann manchmal wahre Dramen abgespielt, weil die Lehrerin immer so ungerecht zu Patrick war. Wie oft standen dem Kleinen Tränen in den Augen. »Aber Kumpelchen, von so was lassen wir uns doch nicht unterkriegen«, hat er ihn dann zu trösten versucht und ihm auf die Schulter geklopft. Auch in Liebesdingen hat er ihn gestützt, wenn die Mädchen zeigten, was für unbekannte Wesen sie sein konnten. Da hatten sie dann ihre ersten Gespräche von Mann zu Mann.

Ja, sie waren Vater und Sohn im besten Sinn, haben sich prima verstanden, da passte kein Blatt Papier zwischen, wie man so sagt. Und nun diese merkwürdige Distanz. Wann hat das eigentlich angefangen? Als er von zu Hause ausgezogen ist? Aber da war Patrick doch schon ein so großer Junge. Mit siebzehn – oder war er erst sechzehn gewesen? – wird man es doch verkraften, wenn der Vater eigene Wege geht. Da kann man doch wohl von einem jungen Menschen erwarten, dass er Verständnis aufbringt.

Herr Hertling atmet tief durch, räuspert sich und nimmt innerlich Haltung an. Er ist bereit.

»Ja, stellen Sie durch. – Hallo, Patrick.«

»Hallo«, sagt Patrick. Nicht etwa »Hallo, Papa« und »Wie schön, dass ich dich erwische« oder »Gut, dass du da bist«, vielleicht sogar »Wie geht's dir denn so?« Und an ein »Wie geht es dir und Susanna?« ist überhaupt nicht zu denken. Nein, einfach nur »Hallo«, und dann fällt er gleich mit der Tür ins Haus und will, dass er nach Mutter, seiner Exfrau, fahndet.

»Was ist denn los?«

»Sie ist weg.«

»Wie – weg?«

»Mutter ist weg, und du musst mal bei ihr vorbeischauen.«

Schrecklich. Wenn sein Sohn schon mal bei ihm anruft, dann kostet das entweder Geld oder Zeit, wobei Zeit das eigentlich Schlimmere ist, denn die hat Papa als Beamter im höheren Dienst schon rein berufsbedingt nicht.

Nun gibt es Leute, die sagen: Was habt ihr gegen Beamte? Die tun doch nichts. Aber auch Nichtstun kostet Zeit. Außerdem hat sich Papa durch seine zweite Heirat erheblich verjüngt. Was so eine Verjüngung an Zeit kostet, kann ich dir gar nicht sagen.

Da kommt ihm Patricks Anliegen, dass er sich darum kümmern soll, wo die Mutter abgeblieben ist, natürlich gar nicht zupass. Aber irgendwie hat er seinem Sohn gegenüber immer ein bisschen ein schlechtes Gewissen. Daher lässt er sich breitschlagen.

»Gut, Junge, ich ruf mal bei ihr an«, sagt er.

»Vater«, sagt Patrick, und wenn er »Vater« sagt, dann weiß Papa gleich, dass es unangenehm wird. Wie früher! Nur andersherum. Wenn Patrick »Patrick« gerufen wurde und nicht wie normalerweise »Patti« oder – noch schlimmer – »Pattilein«, dann war klar, dass Unangenehmes dräute.

»Vater«, sagt das ehemalige Pattilein also streng – und siehste, schlimmer als befürchtet –, »das reicht nicht. Du musst da mal vorbeifahren.«

Herrn Hertling sträuben sich die Nackenhaare. Als ob die Ehemalige nicht schon genug Ärger machte. Dabei will er gar nicht von den monatlichen Zuwendungen an sie reden. Die werden einfach abgebucht, daran hat er sich gewöhnt. Ist so ein bisschen wie Krankenkasse und Lebensversicherung. Das Geld verweilt nur ganz kurz auf dem Konto und ist weg, bevor man planen kann, was man sich davon alles leisten könnte. Wenn er genauer darüber nachdenkt, statten überhaupt mindestens siebzig Prozent seiner Einkünfte seinem Konto nur einen flüchtigen Besuch ab und versickern dann in einem Nirwana aus Abzahlungen für Haus und Auto, Unterhalt für die Verflossene, Finanzspritzen an die Herren Söhne, Gas, Wasser, Strom, Gebühren hierfür und Zahlungen dafür und und und … Gut, dass die restlichen dreißig Prozent noch üppig genug sind, dass er damit sein jetziges Leben großzügig über die Runden bringen kann.

So ein In-Fluss-Halten des Geldes kostet Zeit. Wie viele Stunden er dafür täglich in seinen Diensträumen vertrödeln muss, grenzt an Ausbeutung. Wenn es ihm nicht einen Heidenspaß machte und eine wirkliche Genugtuung verschaffte, als allseits geschätzter Herr Abteilungsleiter mit wichtiger Miene durch die Büros zu wandeln, wäre es wirklich eine Zumutung.

Dazu kommen die Events, Rockkonzerte, verschiedenste Happinesse, zu denen ihn seine Verjüngung schleppt.

Er geht mit, weil er sie liebt, obwohl diese Musik in seinen Ohren eigentlich schon an Lärm grenzt und mit dem, was er früher als Musik gekannt hat, wirklich nichts zu tun hat.

Nun gut, das wäre alles noch zu wuppen, wenn nicht auch die Ex immer wieder etwas von seinem kärglichen Freizeit-Kuchen einfordern würde. Welcher Teufel hat ihn eigentlich damals geritten, eine derart unselbstständige Frau zu heiraten, die noch Jahre nach der Scheidung ständig seine Hilfe braucht. Wenn ihr Wagen streikt, muss er ran – der streikt eigentlich dauernd. Die Waschmaschine rumpelt, die Klospülung ist defekt, die Treppenstufen knarren, die Markise hat sich gelockert … dauernd sind irgendwelche Dramen mit dem Haus, die er beheben soll. Und dann immer dieser leicht klagende Unterton: »Es ist ja immer noch zur Hälfte dein Haus.« Als ob das seine Schuld wäre, dass es zur Hälfte ihm gehört. Von Rechts wegen hätte er damals das Haus verkaufen und sie auszahlen können. Aber sie hat sich so an das Haus geklammert: »Wenn du nicht bleibst, lass mir wenigstens das Haus.« Wegen seiner Gewissensbisse und wegen der Kinder hat er damals nachgegeben. Das hat man nun davon. Es ist zum Auswachsen.

»Kann das nicht Thorsten machen?«, fragt Herr Hertling. »Der hat doch Zeit.«

Richtig, Thorsten ist ja Lehrer, und Lehrer haben bekanntlich Zeit. Unterricht nur bis mittags, dann Füße hochlegen und drei Monate Ferien im Jahr. Herrlich. Diese Berufsgruppe repräsentiert wie kaum eine andere den Status eines Beamten, der sich von *unseren* Steuergeldern einen faulen Lenz macht.

Dass die Handarbeitslehrerin, die das vielleicht noch von sich hätte sagen können, inzwischen ausgestorben ist, dass Unterrichten tatsächlich anstrengender sein kann als ein Tag hinterm Schreibtisch, dass Korrekturfächer und Konferenzen das meiste der freien Nachmittage und Ferien wegfressen … das ist wie in dem Witz mit der Frage:

Woran erkennt man, dass eine Frau einen Orgasmus hatte? Antwort: Wen interessiert das denn?

Patrick interessiert das, wie wir wissen, auch nicht. Also nicht das mit dem Orgasmus, sondern das mit dem nicht vorhandenen Überhang an Freizeit bei Lehrern. Aber jetzt lässt er nichts auf Thorsten kommen. Auch wenn die beiden Brüder sich eigentlich ständig in den Haaren liegen, wie sich das für Geschwister gehört, gegen die Eltern halten sie zusammen.

»Thorsten hat mit seiner Familie genug um die Ohren. Der kann sich nicht dauernd auch noch um Mutter kümmern. Jetzt bist du mal dran.«

Kurz blitzt der Gedanke in Herrn Hertling auf, dass die eigene Mutter ja wohl eher zu Thorstens Familie gehört als zu seiner Familie, schließlich ist er schon lange von seiner ehemaligen Frau geschieden, aber dann gibt er nach.

»Okay«, sagt er, »ich schau mal bei ihr vorbei. Und sonst? Was machen Petra und die Kleine?«

»Alles bestens«, sagt Patrick und legt auf.

ZWEI

Nun hat Herr Hertling also mal wieder seine Ex an der Backe. Hört das denn nie auf? Wie oft ruft sie bei ihm im Büro an und will was. Manche ihrer Bitten kann er an Frau Kleinheim weiterleiten. Die macht das großartig. Ein Schatz, diese Frau. Wirklich.

Einen Augenblick lang überlegt er, ob er nicht auch diesen Job, den ihm sein Sohn jetzt aufs Auge gedrückt hat, an sie weitergeben kann. Na, das geht denn nun doch zu weit. Das muss er selbst erledigen. Aber erst einmal geht er zu Tisch, so lange wird die Sache ja wohl noch Zeit haben.

So eine Tischzeit ist immer auch ein bisschen ein Arbeitsessen – zumindest, wenn man es geschickt anstellt. Herr Hertling stellt es sehr geschickt an, und daher dämmert es schon ein wenig, als er endlich aufbrechen kann.

Im Schummerlicht steht man nicht gerne vor einer dunklen Tür in einer Reihenhaussiedlung, die auf ihren alten Baumbestand pocht und die Gegend mit jeder Menge Hecken, Zäunen und meterhohen Thujen noch zusätzlich verdunkelt. Zumal dann nicht, wenn man merkt, dass der Zweitschlüssel, den man eigentlich immer noch am Schlüsselbund trägt, weg ist.

Ja, Herr Hertling hat einen Schlüssel zu dem Haus, das zur Hälfte immer noch ihm gehört, und er trägt ihn täglich mit sich herum, obwohl er ihn so gut wie nie braucht. Er hat schon mal sein Schlüsselbund aufgeräumt und von allen Schlüsseln befreit, bei denen er sich partout nicht mehr erinnern konnte, wozu sie gehörten.

Als er dann vor einer verschlossenen Tür stand, wusste er es. Das möchte er nie wieder erleben. Deshalb hängt sein Bund voller Schlüssel, die er nicht kennt und die er jetzt alle durchprobiert. Langsam fühlt er sich mächtig unwohl, wie er in der immer dunkler werdenden Straße vor einem dunklen Haus steht und einen Schlüssel nach dem anderen ins Schloss steckt.

»Hallo, Herr Hertling, lange nicht gesehen«, sagt eine Stimme hinter ihm. Er dreht sich um. »Bei mir ist ein Päckchen für Ihre Frau abgegeben worden. Nehmen Sie das doch gleich mit.« Schon ist die Stimme samt Frau im benachbarten Reihenhaus verschwunden, kommt aber augenblicklich mit einem braunen Kartönchen wieder heraus. »Schöne Grüße noch an die Frau Gemahlin«, sagt sie und schickt sich an, wieder zu entschwinden.

Was war das denn? Er ist doch schon eine Ewigkeit nicht mehr mit seiner Frau verheiratet, aber hier scheint die Zeit stehen geblieben zu sein. Man sagt ja immer: Wenn die Welt untergeht, geh nach Mecklenburg, da kommt alles hundert Jahre später. Dass man aber eigentlich nur nach Suchsdorf muss, hätte er nicht gedacht.

»Wissen Sie, wo sie ist?«, fragt Herr Hertling schnell, bevor sie ganz weg ist.

Die Frau brummelt etwas, das sich wie »Nein« anhört. Dann brummelt sie etwas, was sich danach anhört, dass ihr Mann gleich kommt und sie das Abendessen vorbereiten muss, und als sie gleich darauf schnell in ihrem Haus verschwindet, wird klar, dass er zumindest diesen Teil der Antwort richtig verstanden hat.

Die mag mich nicht, denkt er. Komisch, wo er doch im Allgemeinen bei Frauen so gut ankommt. Aber vielleicht war das mit den lieben Grüßen an die Frau Gemahlin auch nur eine Spitze, und die Nachbarin weiß sehr wohl, dass seine Frau Gemahlin nicht die Frau Hertling ist, die im Haus bei ihr nebenan wohnt. Und vielleicht weiß die Nachbarin, wo Frau Hertling ist, findet aber nicht, dass es den durch Zweitehe verjüngten Ehemann etwas angeht.

Nun, wie dem auch sei, man weiß es nicht. Man weiß gar nichts. Auch Herr Hertling weiß nur, dass die Nachbarin jetzt hineingeht, um das Abendessen für ihren Mann zu zaubern, damit sich der nicht auch mit einer Jüngeren auf und davon macht.

***

Da steht Herr Hertling nun vor seinem verschlossenen Haus ohne Schlüssel, dafür aber mit einem Päckchen in der Hand und ansonsten genauso klug wie vorher. Was er jetzt Patrick sagen soll, weiß der Himmel. Er überlegt, wen er anrufen könnte, um sich nach dem Verbleib seiner Frau zu erkundigen. Er kennt so recht niemanden, den sie kennt.

In ihrem Büro vielleicht. Da wüsste man sicher Näheres. Ob sie vielleicht im Urlaub ist oder so. Aber jetzt, um diese Zeit? Und was soll er sagen? Guten Tag, ich bin seit zehn Jahren von meiner Frau geschieden und möchte wissen, wo sie ist.

Na, schönen Dank. Außerdem hat Patrick da wahrscheinlich schon angerufen. Der hätte ihn doch wohl nicht hierhergeschickt, ohne sich vorher zu vergewissern, ob sie nicht einfach nur in Urlaub gefahren ist. Oder doch?

Vielleicht haben die Meyers noch Kontakt zu ihr? Nein, das ist eher unwahrscheinlich. Er hat nach der Trennung die Freundschaft mit ihnen ebenso wie mit allen anderen beibehalten, und auch Susanna ist als »die Neue« in seinen Freundeskreis aufgenommen worden. Über Johanna hat er sich dabei gar keine Gedanken gemacht, aber es ist wohl so, dass er den gemeinsamen Bekanntenkreis behalten hat und seine Frau nicht mehr dazugehört.

Moment mal. Hat er eben »meine Frau« gedacht? Tatsächlich. Vielleicht hat Susanna doch recht, wenn sie sagt, dass er Johanna noch nicht vergessen hat. Aber wie soll er sie auch vergessen, wenn sie ständig anruft. Er ärgert sich zwar immer über diese Störungen, aber er tut doch alles, was sie von ihm will – worüber Susanna nicht gerade erbaut ist.

»Ich kann sie doch nicht hängen lassen«, sagt er dann, und Susanna korrigiert: »Du *willst* sie nicht hängen lassen.« Stimmt, er will sie nicht hängen lassen. Sie hat so eine Art – wie soll er sagen –, so eine Art fordernder Hilflosigkeit. Wenn er ihr nicht hilft, fühlt er sich irgendwie schuldig, das geht ihm dann gar nicht aus dem Kopf, beschwert ihn, macht ihm Gewissensbisse. Wenn er sie abweist, fühlt er sich schäbig.

Bis er Susanna kennenlernte, hatte er gedacht, alle Frauen seien schutzbedürftige Weibchen, die zwar geradezu großartig mit den unterschiedlichsten Gerätschaften des Haushalts umgehen können, aber verzweifeln, wenn ein Stecker wackelt oder ein Schloss klemmt. Seine Frau sah ihn dann immer mit dieser Mischung aus waidwundem Reh und sanftem Kätzchen an, da konnte er nicht anders. Es hat ihm sogar gefallen, dass er dann als starker Mann einspringen und mit gütigem Lächeln die Bewunderung seines Frauchens einkassieren konnte.

Erst durch Susanna hat er gelernt, dass Frauen vielleicht weniger Kraft haben, weshalb er immer wieder mal bei schweren Sachen mit anpacken muss, aber ansonsten durchaus ganz normale Menschen sind. Susanna ist eine selbstständige, selbstbewusste Frau. Für sie gibt es kein »Das kann ich nicht« oder »Das muss ich als Frau nicht können«, für sie gibt es nur ein »Das kann ich auch, und wenn nicht, dann zeig es mir«.

Ja, das Leben mit Susanna ist so gänzlich anders als das mit seiner früheren Frau, ein Leben zweier Partner. Und nicht nur das. Wenn er zu Empfängen und dienstlichen Einladungen mit seiner schönen jungen Susanna erscheint und sie wie eine Feder zwischen all den Kollegen mit ihren Muttis schwebt, weiß er, dass er auch in dieser Hinsicht die richtige Entscheidung getroffen hat.

Und doch. Wenn seine ehemalige Frau, die Mutter seiner Kinder, ihn braucht, dann ist er zur Stelle. Er kann nicht anders.

***

Es fängt an zu regnen, und Herr Hertling macht, dass er mitsamt dem Päckchen in sein Auto kommt. Was nun? Eigentlich hat er seinen Job erledigt. Er hat versprochen, mal vorbeizuschauen, und das hat er getan. Aber Herr Hertling ist eine höhergestellte Persönlichkeit, fast schon ein bisschen politisch angehaucht, und so was wird man nicht, wenn man das tut, was die Leute sagen, sondern das, was die Leute wollen. Da kann es jetzt natürlich sein, dass du milde lächelst und denkst: Meine Güte, was ist das denn für ein Schäfchen? Oder: Träum weiter, du naive Gans, denn Politiker tun nie, was die Leute sagen und schon gar nicht, was die Leute wollen. Vielleicht ist das bei Herrn Hertling auch so, ich weiß es nicht.

Was ich aber genau weiß, ist, dass Herr Hertling seinem Patrick nicht damit kommen kann: Ich war da, aber sie war nicht da. Und was noch wichtiger ist: Herr Hertling weiß das auch. Außerdem macht er sich nun doch so ein bisschen Sorgen um seine Frau, Pardon, um seine Ex.

Er sollte zur Polizei gehen und eine Vermisstenanzeige aufgeben. Ja, das sollte er. Na, da wird der Herr Polizist nicht schlecht staunen, wenn Herr Hertling bei ihm reinschneit und sagt, dass ihm seine Exfrau abhandengekommen ist. Kenn ich den nicht?, wird er denken, und dann wird es in seinem Oberstübchen rasseln und rattern, bis ihm wieder einfällt, wo er das Gesicht schon mal gesehen hat. Und wenn er den Namen hört, wird er auch etliche Zeitungsartikel vor Augen haben, in denen ihm der Name schon mal über den Weg gelaufen ist. Nein, er sollte besser keine Vermisstenanzeige aufgeben.

Außerdem würde es Susanna brüskieren und wieder zu Diskussionen führen nach dem Motto: Du fällst immer wieder auf ihre Tour »hilfloses Weibchen« rein. Dann fühlt er sich ihr gegenüber manchmal wie so ein richtiger Waschlappen. Unangenehm, so was. Dann kann es ein richtig ungemütlicher Abend werden.

Also beschließt Herr Hertling, erst einmal unverrichteter Dinge wieder ins Büro zu fahren. Da trommelt wenigstens kein Regen aufs Dach, und er kann in Ruhe überlegen, was er tun soll.

***

»Wo waren Sie denn so lange? Hier brennt die Luft«, begrüßt ihn Frau Kleinheim.

Frau Kleinheim war dreiundzwanzig, als sie die Stelle als Herrn Hertlings Sekretärin bekam. Damals war er ganz frisch Abteilungsleiter geworden, noch nicht ein so wichtiger Mann wie heute. Sie beide waren an ihren Aufgaben gewachsen. Dass er heute so gut dasteht, hat er zum großen Teil ihr und ihrer Tüchtigkeit zu verdanken. Wenn sie noch an die Sache mit der Grone-Schule denkt. Das wäre beinah schiefgegangen, wenn sie nicht … Na, Schwamm drüber.

Langsam hat sie gelernt, dass ihre Arbeit als Herrn Hertlings Sekretärin nicht nur angenehme Seiten hat. Sein ständiges Zuspätkommen – ein Graus. Oder der Staatssekretär ruft an, und wer ist nicht da? Der Herr Abteilungsleiter. Sitzt wahrscheinlich wieder im Louf und frühstückt. Wie oft hat sie ihn rauspauken müssen.

Auch die privaten Dramen hat sie aus nächster Nähe mitbekommen. Ganz unglücklich ist er damals gewesen, weil ihm das ewige Getue seiner Frau so schrecklich auf die Nerven ging. Und mit seiner Neuen ist es auch nicht besser. Das merkt sie daran, wie er sich windet, wenn sie anruft und er angeblich keine Zeit für einen Plausch mit seiner neuen Frau hat.

»Liebes«, sagt er dann, »ist grad ganz schlecht. Hier ist mächtig was los.« Dann lacht die Neue so komisch und legt mit einem »Ist gut, Lieber« schnell wieder auf. Kann Frau Kleinheim alles mithören. Wozu hat man so eine tolle Telefonanlage.

Frau Kleinheim weiß Bescheid. Ihr kann keiner was vormachen. Sie ist ein Schatz.

Ein wie schatziger Schatz sie ist, siehst du schon daran, dass sie jetzt noch da ist. Es ist immerhin schon lange nach Feierabend. Sie rasselt herunter, wer alles angerufen hat und was er wollte, wer ihn persönlich zu sprechen wünschte und dass sie ihn abgewimmelt hat.

»Und ich konnte nicht einmal sagen, wo Sie sind«, setzt sie mit vorwurfsvollem Ton hinzu.

»Und? Was haben Sie gesagt?«, fragt Herr Hertling.

»Dass Sie in einer Sitzung sind, natürlich«, sagt sie. »Und dem Staatssekretär hab ich gesagt, dass Sie beim Zahnarzt sind. Und Ihrer Frau, dass ich es nicht weiß.«

Bei den Worten »Ihrer Frau« guckt sie so – ja, wie soll ich sagen –, na, sie guckt eben. Nicht wie früher, als sie noch mit bissigem Blick »Eine gewisse Frau Einfeld will Sie persönlich sprechen« sagte. Auch nicht so wie etwas später: »Frau Einfeld hat angerufen« und bald darauf: »Ihre neue Lebensgefährtin wollte Sie erreichen.« Nein, so guckt sie nicht mehr. Aber sie guckt eben auch nicht wie früher, als sie mit »Ihre Frau« noch Frau Hertling meinte, also die richtige Frau Hertling, nicht die neue Frau Hertling. Obwohl: So richtig neu ist die nach zehn Ehejahren nun auch wieder nicht mehr.

Aber Frau Kleinheim kann es sich nicht abgewöhnen, zu gucken. Sonst ein Schatz, alles was recht ist, aber in dieser Beziehung ein bisschen – sagen wir mal, hartleibig. Was aber nichts macht, weil Herr Hertling sowieso nicht guckt, wie sie guckt.

Mit einem »Gut so« nickt er Frau Kleinheim zu, zieht den Mantel aus und will sich gerade an seinen Schreibtisch setzen, da fühlt er Johannas Päckchen in der Manteltasche.

»Ich bin noch nicht wieder zurück vom Zahnarzt«, ruft er seiner Sekretärin kurz zu und macht die Tür, die sonst immer offen steht, geräuschvoll zu. Dann besieht er sich das Päckchen näher.

Es ist beinahe quadratisch, so bummelig zwölf Zentimeter pro Seite, mit wild durcheinander aufgeklebten bunten Briefmarken, die Adresse mit Maschine geschrieben und ohne Absender. Daran, dass er »mit Maschine geschrieben« denkt, siehst du, dass er noch nicht ganz in der Neuzeit angekommen ist. Sonst hätte er sicherlich »auf Etikett gedruckt« gedacht. Aber dass er »ohne Absender« denkt, ist korrekt.

Und es ist auch korrekt, dass er sich etwas dabei denkt, denn selbst in der heutigen Zeit ist es noch üblich, dem Empfänger mitzuteilen, wer ihm dieses kleine Paketchen geschickt hat. Heute vielleicht sogar üblicher als früher, wo es doch heutzutage vor Briefbomben nur so wimmelt. Selbst herrenlos irgendwo herumstehende Koffer werden nur noch mit Hilfe eines Entschärfungsteams geöffnet. Daher ist bei solch einem absenderlosen Päckchen Vorsicht geboten. Und auch Herr Hertling ist selbstverständlich vorsichtig, zumindest so lange, bis ihm einfällt, dass das Päckchen ja gar nicht für ihn, sondern für seine Frau bestimmt ist und der Absender deshalb gar nicht gehofft haben kann, mit seinem Bömbchen das Ministerium in die Luft zu sprengen.

Er dreht den kleinen Kasten eine Weile unschlüssig in den Händen. Er ist nicht für ihn bestimmt. Das steht außen drauf. Und so eng, dass er ihre Post öffnen würde, ist er mit seiner Ehemaligen ja nun nicht mehr – auch wenn Susanna das anders sieht.

Die Post seiner Frau hat er nie geöffnet, nicht einmal

damals, als er noch so richtig eng mit ihr war. Da ist er noch vom ganz alten Schlag. Postgeheimnis ist Postgeheimnis. So was ist ihm heilig. Selbst als er richtig eifersüchtig war, hat er ihre Briefe nur über heißem Wasserdampf geöffnet. Besondere Situationen erfordern außergewöhnliche Maßnahmen, und Hörner aufsetzen lassen wollte er sich nicht, da war er von noch älterem Schlag. Und deshalb wird er auch jetzt das Päckchen nur über Wasserdampf öffnen.

Aber in so einem Ministerium ist das mit dem Wasserdampf nicht ganz einfach, und Patrick sitzt ihm im Nacken – gleich neben der Neugier, die ihm noch heftiger im Nacken sitzt. Wahrscheinlich ist der Inhalt des Päckchens noch langweiliger als die Scheiß-Briefe, die er damals mit so viel Mühe über Wasserdampf geöffnet hat und die dann ellenlange Sermone von irgendeiner heute ellenlang verflossenen Freundin waren.

Er schaut zur Tür, vergewissert sich, ob sie auch weiterhin verschlossen ist, und greift zur Schere.

***

Herr Hertling ist wie gesagt Ministerialdirigent. Das sind nicht die, die mit Frack und Stöckchen in der Hand der ersten Geige guten Tag sagen und dann Beethoven dirigieren. Ein Ministerialdirigent dirigiert nicht, er leitet. Und zwar eine Abteilung. Nun kann es sein, dass du zu den Menschen gehörst, die glauben, dass Abteilungsleiter ebenso wenig eine Abteilung leiten, wie Zitronenfalter Zitronen falten. Deshalb sei dir gesagt, dass unser Herr Hertling sehr wohl eine Abteilung leitet und alles daransetzt, dass das auch so bleibt, weil er eben sehr gerne leitet und noch lieber in der Zeitung darüber liest, wie schön er leitet.

Deshalb ist er so entsetzt, als er das Päckchen aufmacht. Da liegt – ich will jetzt nicht sagen, in Watte gepackt, aber doch schön in Klarsichttütchen auf zusammengeknautschtem Papier, damit er nicht klappert – ein Finger. Sonst nichts. Nur ein Finger. Das ist jetzt erst mal sehr erschreckend, denn ein Finger ohne Mensch dran ist schon sehr ungewöhnlich.

Er starrt auf den Finger und denkt: Mein Gott, was du wahrscheinlich auch gedacht hättest. Mein Gott, denkt er, die arme Johanna, wo du vielleicht »Karla« oder »Dorothea« oder so gedacht hättest. Aber dann hat er gleich etwas gedacht, was du wahrscheinlich nicht denken würdest. Wenn die Presse davon Wind kriegt, bin ich geliefert, hat er gedacht und so schnell den Deckel vom Paket wieder zugeklappt, als ob die Journaille schon hinter ihm stünde.

Denn er steht nicht nur gerne in der Zeitung, es ist ihm auch wichtig, mit was er in der Zeitung steht, und da ist sich Herr Hertling sicher, dass das nicht so richtig günstig ausfallen würde, wenn er mit einem elften Finger drinsteht. So was kann einen Ministerialdirigenten flugs aus seinem Abteilungsleiter-Sesselchen kippen. Und dann steht er nie wieder in der Zeitung, selbst wenn er sich darauf spezialisieren würde, künftig nur noch Zitronen zu falten.

Erst jetzt, als er den Finger nicht mehr sieht, fällt ihm noch so was Naheliegendes wie »Was sag ich nur Patti?« ein. Und dann denkt er noch etwas, was nicht wirklich für ihn als zukünftigen Landesvater spricht, als den er sich in seinen geheimsten Träumen oft sieht: Was wäre eigentlich so schlimm daran, wenn man den Rest nie wiederfindet und der Finger das Einzige ist, was von ihr übrig bleibt? Aber den Gedanken denkt er nicht weiter, sondern denkt vorsichtshalber »Ogottogott« und, falls das nicht reichen sollte, noch mal »Ogottogottogott«. Daran merkt er dann, dass er damit nicht allein klarkommt, sondern professionelle Hilfe braucht.

Unter professioneller Hilfe versteht man ja im Allgemeinen die Gruppe von Menschen, die mit »Psych-« anfangen und mit »-ater«, »-eut« oder »-oge« aufhören. Doch an eine therapeutische Maßnahme denkt er weniger, als er denkt, dass er den Finger mal einem Fachmann zu bedenken geben will. Er hat eine andere Spezies vor Augen, die dem Finger auf den Grund gehen soll.

***

Als das Telefon klingelt, hat sich Herr Hertling schon wieder so weit im Griff, dass er einen klaren Gedanken fassen kann. Hatte ich nicht gesagt, dass ich noch beim Zahnarzt bin, denkt er klar wie selten. Wenn Frau Kleinheim, dieser Schatz, seine Ansage missachtet und den Anruf trotzdem durchstellt, kann es dafür nur zwei Gründe geben. Entweder Gott will ihn sprechen oder seine Frau. Er nimmt den Hörer ab. Es ist Susanna.

»Wo bleibst du?«, will sie wissen.

»Ach Gott, Susanna«, sagt er und wählt damit eine Anrede, die auch passt, falls er sich verhört haben sollte und doch der andere dran ist. »Ich komme gleich.«

»Nein«, sagt sie, »du kommst *jetzt*. Das Essen ist gleich fertig, und ich dachte, du bist schon längst auf dem Weg. Langsam werde ich wirklich sauer.«

Er hat sich also nicht verhört. Es ist seine Frau. Kein Gott würde es wagen, so mit ihm zu sprechen.

Von dem Ministerium, das auf der *right side of town* liegt, braucht man nach Heikendorf – ganz klar *wrong side of town*, allerdings weit genug von Gaarden entfernt, um doch wieder ein bisschen *right* zu sein – mit dem Auto zwanzig bis fünfzig Minuten für die sechzehn Kilometer, je nach Verkehrslage. Man kann natürlich auch den Weg durchs Wasser wählen. Damit umgeht man die verkehrlichen Unwägbarkeiten, braucht aber für die schlappen vier Kilometer fünfunddreißig Minuten, wobei der Fußweg bis zum Fähranleger und dann noch auf der anderen Seite der Förde bis zu dem schmucken Häuschen, das er mit Susanna bewohnt, noch nicht eingerechnet ist.

Das muss sich ändern. Da er im Bildungsministerium und nicht im Verkehrsministerium arbeitet, kann er das nur dadurch ändern, dass er umzieht. Heikendorf ist ja auch wirklich nicht mehr standesgemäß. Aber das muss warten, er hat jetzt andere Sorgen. Seine vornehmste Sorge ist erst einmal, schnellstens nach Hause zu kommen, sonst ist der ganze Abend versaut.

Er stopft das Päckchen in die Manteltasche, ruft Frau Kleinheim ein »Servus« zu und ist verschwunden. Dass es dann noch ein total unversauter, richtig netter Abend wird, kannst du daran sehen, dass ihm erst am nächsten Morgen, als er den Autoschlüssel aus der Manteltasche fischt und dabei beinah den Finger gegriffen hätte, die ganze Scheiße wieder einfällt.

***

Normalerweise passiert in der Fleethörn Nummer 24 nichts. Natürlich nicht wirklich nichts, denn in der Innenstadt passiert dauernd was. Und auch im Haus Nummer 24, das immerhin vierstöckig ist und zwölf Parteien beherbergt, passiert natürlich so manches, und wenn es nur eine Ohrfeige ist, die ein Gatte seiner Gattin verpassen muss, wenn sie die Milch überkochen lässt. Aber in der Fleethörn Nummer 24, Erdgeschoss rechts, da passiert eben nichts, weil Herr Schmidt nicht verheiratet ist und deshalb seine Milch schon selber überkochen lassen müsste. Was er aber nicht tut, denn er hasst Milch und könnte als Alternative allenfalls mal etwas Gin verschütten. Das tut er aber auch nicht. So dicke hat er es nicht.

Eben. Weil nichts passiert!

Zumindest nichts Besonderes. Nur so das Übliche. Mann betrügt Frau. Frau betrügt Mann. Wovon er – Stefan Schmidt, Privatdetektiv, Klammer auf, zweiundvierzig, Klammer zu – erst dann etwas hat, wenn es jemanden stört.

Na ja, »stört« ist eigentlich nicht der richtige Ausdruck. Wen's stört, der haut drauf. Frauen in Form von hysterischen Wutausbrüchen, wo auch schon mal ein paar zentnerschwere Aschenbecher durch die Luft fliegen, wenn sie griffbereit sind. Oder die Suppenterrine, falls sie ungeliebt ist, also vielleicht von einer übel meinenden Tante zur Hochzeit verschenkt wurde. So was wird gern geworfen, wenn der Mann bei Untreue erwischt wird.

Männer sind da ganz anders. Sie machen keine Umwege und vergreifen sich nicht an unschuldigem Hochzeitsgeschirr. Männer nehmen sich gleich den Richtigen beziehungsweise die Richtige vor. Verursacherprinzip nennt man so was. Und wer ist der Verursacher? Die Frau natürlich. Denn bei Frauen ist Untreue unnatürlich und gehört sich einfach nicht. Bei Männern ist Untreue unumgänglich, denn sie folgen ja nur dem gottgegebenen Auftrag, ihren Samen möglichst breit zu streuen. Da ist Ehebruch natürlich ganz natürlich.

Aber solche Mordversuche und Totschläge wegen Untreue interessieren Herrn Schmidt nicht. Das ist Sache der Polizei. Im Gegensatz zur Untreue, die ist in Deutschland straffrei. Eigentlich erstaunlich, wo sich der Gesetzgeber doch sonst um alles kümmert, sogar das Telefonieren mit dem eigenen Handy im eigenen Auto verbietet und auch vorschreiben möchte, in den eigenen vier Wänden Deutsch zu sprechen, selbst wenn es nicht die Muttersprache ist. Das alles regelt der Gesetzgeber. Aber mit wem man spricht, ist ihm egal. Und wenn man zwischendurch mal lustvoll stöhnt, ist ihm das auch egal. Hauptsache, man stöhnt auf Deutsch.

Untreue oder Ehebruch interessiert die Polizei nicht. Die wird erst tätig, wenn der Aschenbecher auf dem Ehebrecher zu hart aufgeschlagen ist. Oder natürlich – wesentlich häufiger der Fall – wenn die Ehebrecherin unglücklich gegen die Tischkante geschubst wurde oder aus anderen

Gründen das Atmen eingestellt hat. Das sind alles so Sachen. Traurig irgendwie. Also für die Dahingeschiedenen. Und natürlich für Herrn Schmidt. Mit Toten verdient man kein Geld – er zumindest nicht.

Für ihn ist es am besten, wenn zwei munter durch die Gegend vögeln und ein Dritter überlegt, wie er das verhindern oder es zu seinem Vorteil nutzen kann. Damit verdient Herr Schmidt sein Geld. Kümmerlich wenig Geld übrigens. Er hat schon manchmal gedacht, ob er nicht lieber auf Zuhälter umsattelt. Das wäre im Prinzip das Gleiche, aber er müsste nicht mehr bei jedem Scheißwetter stundenlang im Auto sitzen – Fernglas und Kamera im Anschlag –, und dann haben die beiden Turteltäubchen gerade heute ihre Planung geändert und verbringen einen vergnügten Abend im Casino, während er sich vor ihrem Haus den Arsch abfriert.

Kaufhausdetektiv wäre auch eine Alternative. Immer schön warm, geregeltes Einkommen mit Kranken- und Rentenversicherung, quasi der Himmel auf Erden. Aber ist das ein Leben?

Hinter kleinen Gänschen herjagen, die ohne den coolen Lippenstift nicht weiterleben können, das sowieso immer zu knapp bemessene Taschengeld aber lieber anderweitig ausgeben. Oder irgendeiner Mutti den BH aus dem Täschchen reißen, mit dem sie Vati überraschen wollte, ohne ihm wegen der horrenden Ausgabe gleich wieder die Lust zu nehmen. Ob er das aushielte?

Genau genommen ein richtiger Scheiß-Job, so ein Kaufhausdetektiv. Außerdem: Wer nimmt so einen wie ihn noch? Sozialversicherungsjobs sind rar gesät, und mit über vierzig ist man der Rente schon verdächtig nahe. Da überlegt ein Kaufhaus zweimal, ob es nicht besser daran täte, für das gleiche Geld zwei Zwanzigjährige einzustellen. Am besten als Praktikanten, dann kosten sie gar nichts, weil das Arbeitsamt, heute besser bekannt unter dem Namen Arge, zahlt.

Für einen Kleinunternehmer wie Herrn Schmidt wäre es am besten, wenn er zwar in der Branche bliebe, aber die Zielgruppe änderte und künftig andere Kleinunternehmen vor Ausbeutung schützt. Holla, denkst du jetzt vielleicht, was ist das denn? Unternehmen vor Ausbeutung schützen? Eigentlich ist es doch üblich und gesellschaftlich anerkannt, dass es gerade andersherum ist und der Unternehmer die Arbeitnehmer ausbeutet. So ist es richtig und von Marx gewollt. Ja. Eben! Deshalb sind ja die Unternehmen auch so vergrätzt, wenn sich einer der Ausgebeuteten untersteht, zurückauszubeuten und den Montag zu seinem privaten Feiertag erklärt.

Streng nach der Devise »Wenn hier einer ausbeutet, bin ich das«, heuert der betroffene Unternehmer dann einen Detektiv an, der sich mal am Baggersee auf die Lauer legt, ob da nicht der Kurzurlaub des Arbeitnehmers in die Arbeitswoche hinein ausgedehnt wird. Ja, mit so was wäre wesentlich besser Geld zu verdienen als mit ein paar Fotos, die zeigen, dass Frau Meyer mit Herrn Schulze ein Techtelmechtel hat.

Aber da hat Herr Schmidt seinen Ehrenkodex. Er weiß, zu wem er gehört, und macht sich nicht zum Handlanger der Unternehmerklasse. Sein Metier ist der Seitensprung. Das ist eine saubere Sache. Nur eben wie gesagt: Seit der Gesetzgeber das nicht mehr unter Strafe stellt und auch bei Scheidungen die Untreue eines Partners kein Argument mehr ist, ist die Auftragslage eher mau.

***

Herr Schmidt sitzt hinter seinem Schreibtisch und lässt die Fingernägel rhythmisch auf die Schreibunterlage klackern, wie er es immer tut, wenn er sonst nichts zu tun und auch nichts zu tun in Aussicht hat. Er klackert und hypnotisiert das Telefon: »Ruf an, Kunde«, beschwört er das Gerät, »ruf an und sei mein König.« Aber das Telefon bleibt stumm. Dafür klingelt es an der Tür. Der König kommt persönlich, hat eine Schachtel mit einem abgeschnittenen Finger unterm Arm und sagt, er solle den Rest dazu suchen.

So was passiert Herrn Schmidt nicht gerade täglich. Erst ist er mal ein bisschen geschockt. Ein abber Finger kommt auf leeren Magen gar nicht gut. Obwohl vielleicht doch, denn dann hat man wenigstens nichts, was man auf den Schreibtisch kotzen kann, wenn einem danach ist. Und Herrn Schmidt ist sehr danach. Da aber nichts zum Kotzen da ist, würgt er nur ganz unauffällig ein bisschen vor sich hin, klappt die Schachtel dann aber schnell wieder zu. Immer schön der Reihe nach. Erst kommt mal das Wichtigste: Er kramt ein Vertragsformular hervor.

Nachdem Herr Hertling unterschrieben hat, lehnt sich Herr Schmidt zurück und lauscht, was der Kunde zu sagen hat. Herr Hertling erzählt, dass das Teil in der zugeklappten Schachtel der Finger von Frau Hertling ist und er wissen will, wo sie was warum ohne ihren zehnten Finger macht. Für diesen Auftrag veranschlagt Herr Schmidt erst mal bummelig zwanzig Stunden und verlangt schon mal vorab dreihundert Euro – genau genommen das Allerwichtigste, erstens sowieso und in seiner prekären Lage erst recht.

Danach ist es halb zehn, und damit wäre die erste der veranschlagten zwanzig Stunden schon mal weitgehend abgearbeitet. Als Herr Hertling aber darauf zu sprechen kommt, dass es zusätzlich zu seiner Frau mit neun Fingern noch eine weitere Ehefrau in seinem Leben gibt, die – zumindest soweit er es im Moment überblicken kann – über zehn Finger verfügt, da hätte Herr Schmidt die veranschlagten Stunden eigentlich verdoppeln müssen.

Aber Herr Schmidt sagt erst mal noch nichts davon, dass es länger dauern könnte, bis er fündig wird. Er wird nach Stunden bezahlt und nicht nach Erfolg. Wenn er also nach zwanzig Stunden immer noch mit leeren Händen – beziehungsweise nur einem elften Finger – dasteht, dann kann er Herrn Hertling immer noch den Nachschlag schmackhaft machen, denkt sich Herr Schmidt. Wenn er gleich auf vierzig erhöht, springt der Hertling möglicherweise ab, weil ihm die Ehefrau doch nicht so wichtig ist, zumal es sich um eine geschiedene Ehefrau handelt.

Nachdem Herr Hertling ihm alles verklickert hat, geht er und lässt Herrn Schmidt mit dem Finger allein. Der macht erst einmal einen Kaffee und zündet sich eine Zigarette an. Ein paar Kekse dazu hätte er auch noch gehabt, aber die hebt er sich vorsichtshalber für nachher auf, wenn er mit der Inspektion des Fingers fertig ist.

Noch ein paar Züge aus der Zigarette, kurz die Gelenke durchgedrückt, dass sie knacken, dann fühlt er sich innerlich genug gestärkt, um sich den Inhalt der Schachtel etwas genauer zu Gemüte zu führen.

***

Gegen halb elf kommt Herr Hertling – um dreihundert Euro und einen Finger leichter, aber trotzdem nicht unbeschwert – im Ministerium an.

»Hier brennt die Luft«, begrüßt Frau Kleinheim ihren Chef und rasselt wieder herunter, wer angerufen hat und was er wollte, wobei ihm auffällt, dass sie etliche Namen schon gestern heruntergerasselt hat. Aber einer ist neu. »Ihr Sohn hat angerufen. Sie möchten bitte umgehend zurückrufen.«

»Hat er das so gesagt?«

»Nein«, sagt Frau Kleinheim, »aber sinngemäß.« Mehr sagt sie nicht, und Herr Hertling will auch nicht wirklich wissen, wie Patrick sich ausgedrückt hat.

Streng nach der Devise »Erst die Arbeit und dann das Vergnügen« greift Herr Hertling zum Telefonhörer, um Patrick anzurufen. Dass die Telefonate mit seinem Ältesten nicht Herrn Hertlings ungetrübte Freude sind, haben wir ja schon mitbekommen, aber dass Arbeit Vergnügen sein soll, ist nun doch nicht ganz selbstverständlich. Zumindest dir vielleicht nicht, weil du eben wahrscheinlich kein Ministerialdirigent, vermutlich nicht einmal Beamter bist, denen zwischen Frühstück und Mittagspause bisweilen so wenig Zeit bleibt, dass der vormittägliche Büroschlaf für eine echte Erholung zu kurz ist und der Rest auf den Nachmittag verschoben werden muss. Sagt man.

Nun, wie dem auch sei, Herr Ministerialdirigent wird seinen Sohn anrufen und sich erst anschließend dem Ministerialdirigieren zuwenden, was ihm immer das reinste Vergnügen ist. Warum das so vergnüglich ist, kannst du vielleicht am ehesten begreifen, wenn ich es in ein anschauliches Beispiel kleide.

Nehmen wir an, eine Aufgabe verirrt sich auf Herrn Hertlings Schreibtisch. Dann überprüft er erst einmal die Telegenität. Kann ja sein, dass es sich um irgendetwas Brisantes handelt, das Interviews in Film, Funk und Fernsehen nach sich zieht oder zumindest eine Story in den Printmedien wert ist. So was lässt Herr Hertling nicht wieder aus den Klauen, wenn es sich einmal in ihnen verfangen hat. Allerdings hat er sich da schon das eine oder andere Mal gehörig vergriffen – in beiden Richtungen. Dinge wie etwa die Suspendierung einer Direktorin, die einen Sturm der Entrüstung versprach, erwiesen sich als lahme Ente und gewannen erst, als sich die Ministerin die Sache unter den Nagel riss. Allzu große Brisanz kann eben auch schädlich sein. Wenn die Telegenität allzu stark durchscheint, greift Frau Minister selber zu, und für den Dirigenten bleibt nur die Arbeit. Ganz ungut.

Die Abwägung der potenziellen Aufwertung durch die Medien ist die schwierigste Arbeit für einen Ministerialdirigenten. Dicht gefolgt wird sie von der Frage, die sich ein Beamter eigentlich als erste stellen sollte: Bin ich überhaupt zuständig? Die Zuständigkeit ist das A und O in der ganzen Beamterei. Vielleicht auch nicht ganz so albern, wie es anfangs scheint. Stell dir vor, du willst einen Erker an dein Häuschen bauen, der wird dir auch genehmigt, und nachher war der genehmigende Beamte gar nicht zuständig. Dann kannst du deinen Erker in die Tonne treten, auch wenn er schon am Häuschen dran ist.

Nicht nur deshalb überprüft Herr Hertling akribisch seine Zuständigkeit. Es macht ihm nämlich ein geradezu übermäßiges Vergnügen, wenn er eine Laufmappe zücken und das Kürzel der gegnerischen Abteilung draufkritzeln kann – und ab die Post. Wunderbar.

Aber wie gesagt, erst die Arbeit, also erst das Telefonat mit dem Sohn. Völlig untelegen, so viel ist mal klar. Kurz hat er noch die Zuständigkeit überprüft und überlegt, ob er den Job nicht auf Frau Kleinheim abwälzen kann. Doch er verwirft den Gedanken. Es gibt Dinge, die muss ein Mann selber machen. Diese unbedingte Zuständigkeit hat man bisher immer für den Gang zur Toilette reserviert, aber ein Gespräch mit dem Sohn gehört anscheinend auch dazu.

Er greift zum Hörer.

»Halloho«, sagt er – vielleicht eine Spur zu überschwänglich –, als Patrick sich meldet.

»Mmmh«, sagt Patrick.

»Du hast angerufen?«

»Nein, du hast angerufen«, sagt Patrick.

»Ja, jetzt hab ich angerufen. Aber vorhin hast du angerufen.«

»Mmmh«, sagt Patrick.

»Und? Was ist?«

»Nichts ist. Alles in Ordnung. Mach dir keine Sorgen.« Klick. Das Telefon ist tot.

Jetzt begeht Herr Hertling, der Idiot, einen großen Fehler. Statt die Sache auf sich beruhen zu lassen und sich zu sagen: »Mein Sohn hat gesagt, es ist alles in Ordnung, und ich bin den Finger für vergleichsweise billige dreihundert Euro losgeworden«, fängt er an, weiterzubohren. Können einfach nicht loslassen, diese Leute, die sich zum Landesvater berufen fühlen, wenn sie einmal Blut geleckt haben. Oh, Pardon, »Blut geleckt« ist natürlich eine ganz geschmacklose Redewendung in Anbetracht der Tatsachen.

Und außerdem falsch.

Seine Neugier ist geweckt, wäre richtig formuliert. Da ist etwas, das er sich nicht erklären kann, das ein Geheimnis in sich birgt, und da ist es für zukünftige Landesväter eine geradezu heilige Pflicht, nicht zu ruhen und zu rasten, bis sie das alles aufgeklärt haben. Versprechen sie uns ja auch immer im Fernsehen: »Wir werden diesen Fall rückhaltlos aufklären«, sagen sie mit kämpferischer Miene in jedes Mikrofon, das ihnen unter die Nase gehalten wird. »Wir werden diesen Sumpf trockenlegen«, sagen sie. Hat man bisher immer für leere Versprechungen gehalten und sich gedacht: Nix werden sie tun, allenfalls ein paar Nebelkerzen anzünden. Aber nun denke ich, dass ich unseren Herren und Damen Politikern vielleicht doch unrecht tue und diese Versprechen ernst gemeint sind. Oder vielleicht so: Sie klären alles rückhaltlos auf und wissen, wie sie den Sumpf trockenlegen könnten, aber sie sagen es uns nicht. Und trockenlegen tun sie auch nichts. Ja, so wird ein Schuh draus.

Herr Hertling, ganz zukünftiger Landesvater, wählt erneut die Telefonnummer des Sohnes.

***

Es gibt heutzutage so viele verschiedene Möglichkeiten, wie Menschen miteinander kommunizieren. Das Internet ist ein einziger großer Chatroom. Man denke nur an Facebook und WhatsApp, dann natürlich die gute alte E-Mail und die große Auswahl an MMSen, SMSen sowie Sprachnachrichten aller Art. Gegenüber einem Besuch oder Telefonat mögen diese eher unpersönlichen Kontakte viele Nachteile haben, ein Vorteil ist jedoch gewiss: Man platzt nirgends rein, wo man vielleicht besser nicht reinplatzt. Und bei dem Telefonat noch zusätzlich ein weiterer Nachteil: Man merkt es nicht einmal, wenn man reinplatzt, denn man sieht ja nichts. Man sieht auch nicht, dass der Angerufene gerade Rechnungen stapelt. Und zwar in drei Stapel: einen Haufen »so bald wie möglich«, einen weiteren »sofort« und einen dritten »möglichst gestern«. Diese Sortiererei ist schuld daran, dass Patrick den Anruf seines Vaters nur sehr spröde beantwortet. Aber wie gesagt, das alles sieht man als Anrufer nicht und denkt stattdessen sonst was.

Auch Herr Hertling denkt sonst was, als das ehemalige Pattilein seinen zweiten Rückruf mit einem »Is noch was?« derart unfreundlich abbügelt. Immerhin hat er ihm über siebzehn (oder waren es nur sechzehn?) Jahre Brutpflege angedeihen lassen, für ihn auf ewig den Traum vom eigenen Porsche begraben, und wie dankt er all diese unsäglichen Mühen? Er behandelt ihn wie einen Dreckhaufen.

Aber wie gesagt: Herr Hertling sieht nicht das andere Ende des Telefons. Da sitzt Patrick hinter seinem Schreibtisch, vor sich auf dem Tisch der Berg unbezahlter Rechnungen und noch weiter vor sich vor dem Schreibtisch Petra. Und die macht gerade Rambazamba, sagt, wie unsäglich sie das ankotzt, dass er nie Zeit für sie habe und sich, wenn er mal Zeit habe, lieber um seine Mutter als um sie kümmere, und ob er schon vergessen habe, dass er Vater einer dreizehn Monate alten Tochter sei, die ihn brauche. Stattdessen halse er ihr, nämlich Petra, die gesamte Arbeit mit dem Kind auf, während er es sich hier hinter dem Schreibtisch gemütlich mache, und wenn sich das nicht schnellstens ändere, könne er sie mal kennenlernen.

Dann holt sie Luft und sagt: »Ich brauch Geld.«

Just in diesem Moment platzt Herr Hertling mit seinem zweiten Anruf dazwischen. Nun stell dir Patrick vor: im

Ohr den treulosen Vater, auf dem Schreibtisch den drohenden Untergang seiner unternehmerischen Existenz, im Herzen die Sorge um eine verschwundene Mutter und kerzengerade vor sich der personifizierte Gewissensbiss mit einem unerfüllbaren Anliegen. Aus diesem Blickwinkel betrachtet ist seine Frage »Is noch was?« beinahe freundlich.

Bevor Patrick wieder auflegen kann, sagt Herr Hertling schnell: »Du hast gestern gesagt, Mama wäre verschwunden, und ich soll sie suchen. Ich hab sie aber noch nicht gefunden.«

Diese beiden kleinen Sätzlein lassen Patrick explodieren. Es ist, als ob die unfreundlichen Briefe auf seinem Schreibtisch und die noch unfreundlicheren Worte seiner Ehefrau die Lunte entzündet haben, die sich dann langsam durch die beiden Telefonhörer gefressen hat, um in Herrn Hertlings Ohr die Bombe platzen zu lassen.

»Das ist mal wieder so richtig typisch für dich«, bricht es aus Patrick heraus.

Und dann legt er richtig los, sagt, richtiges Deutsch sei von Beamten heutzutage wohl nicht mehr zu erwarten. Die säßen dick und fett auf ihren Hintern, während Unternehmer wie er sich den Buckel krumm arbeiteten, und wüssten nicht einmal, dass es »sei« statt »wäre« heiße. Aber das wolle er noch mal durchgehen lassen, denn dieses »Mama« sei ja wohl der Gipfel. Kaum sei ein Kind da, vergäßen die Eltern ihre Vornamen und redeten sich nur noch mit »Mama« und »Papa« an.

»Mein Gott, wie spießig«, sagt er und sinkt erschöpft in seinem Bürostuhl nach hinten.

»Pattilein«, sagt Herr Hertling. Wenn sein Sohn mit solch einer überschnappenden Stimme redet, überhört er seine Gemeinheiten, und das Väterliche kommt durch. »Pattilein«, sagt er sanft, »das ist doch jetzt ganz egal, ich –«

»Mir aber nicht«, brüllt Pattilein dazwischen.

Nun ist aber mal gut. Herr Hertling drängt das Väterliche ein wenig beiseite. »Hör mir zu, Patrick«, sagt er mit ministerialer Strenge.

Er will erklären, dass er Mamis Finger gefunden hat und sich ein wenig Sorgen um den Rest macht. Doch gerade noch rechtzeitig besinnt er sich. Dazu ist er denn doch zu sehr Vater. Mit solchen unappetitlichen Details möchte er das Kind nicht belasten. Das ist schließlich seine Stärke: diese Besonnenheit, mit der er selbst ausweglosesete Situationen meistert und die ein Grund dafür ist, dass er jetzt auf diesem Sessel sitzt und nicht dieser Schulze-Neumann aus der Abteilung sieben Strich drei A, der von Rechts wegen vor ihm dran gewesen wäre.

»Und lass dieses ewige ›Pattilein‹«, nutzt Patrick die Sekunde besonnener Stille. Seine Stimme überschlägt sich.

»Patrick.« Nun wird selbst Herr Hertling etwas lauter. »Du sollst mir zu-hö-ren! Deiner Mutter (da sage mal einer, Beamte seien nicht lernfähig) ist vielleicht etwas passiert.« Jetzt schreit er. »Ich will von dir wissen …«

***

»Haben Sie gerufen?« Frau Kleinheim, diese Seele von einer Sekretärin, öffnet die Tür einen Spalt und schiebt vorsichtig den Kopf ins ministeriale Zimmer. Einige innere Kämpfe waren zu bestehen gewesen, während deren sie lauschend – oder sollte man wegen der Lautstärke besser sagen: hörend? – hinter der Tür gestanden hat, mit sich ringend, ob sie unaufgefordert eintreten soll oder nicht. Schließlich hat ihre Solidarität gesiegt. Wenn der Chef in seinem Arbeitszimmer schreit, ist eine gute Sekretärin nachgerade dazu verpflichtet, ihm zu Hilfe zu eilen.

Das gilt für jede gute Sekretärin, nicht nur für staatsdienernde, sondern auch für die der freien Wirtschaft. Die haben es allerdings schwerer, zu hören, wenn für den Chef die Zeichen auf Sturm stehen. Denn anders als im Ministerium, wo nach Neuwahlen die frische Mannschaft den alten Kirschbaumbestand des Vorgängers durch neues Mobiliar ersetzt, überprüft in der Privatwirtschaft der neue Chef vor allem Wände und Türen, lässt gegebenenfalls die Türfüllung durch einen neuen Stahlkern ersetzen und erneuert den Schallschutz in seinem neuen Domizil, damit keiner mithören kann, was Geheimes geplaudert wird. Und damit niemand mitkriegt, was seine Sekretärin ausplaudert, wird auch das Vorzimmer schallisoliert.

Nun, so was hat eine Regierung nicht nötig. Vor wem sollte sie Geheimnisse haben? Vor den eigenen Bürgern etwa, denen sie doch ohn' Unterlass nur Gutes tut? Das kann ruhig jeder wissen. Und die Geheimdienste wissen ohnehin alles – die eigenen sowieso und die fremden erst recht.

Geheimniskrämerei ist also weder notwendig noch möglich, und deshalb weiß Frau Kleinheim auch immer bestens Bescheid. Nicht nur politisch, das ist sowieso klar. Als Sekretärin hat man von Politik und den Richtlinien des Hauses oft mehr Ahnung als der zuständige Referent. Und das Private liegt einer Sekretärin naturgemäß ebenso zu Füßen. Und wegen des guten Kontaktes zu den Sekretärinnen der anderen Abteilungen ist ihr Wissen umfänglich und breit gefächert.

Deshalb hat Frau Kleinheim damals nicht wirklich gestaunt, als ihr Chef ihr mitteilte, dass sich nicht nur seine Telefonnummer, sondern auch seine Anschrift ändert und er zukünftig nur noch bei seiner früheren Geliebten und jetzigen Lebensgefährtin erreichbar sei. Ja, so was erfährt eine Sekretärin immer als Erste, noch vor dem besten Freund, dem Freund vom besten Freund und den besseren Bekannten. Im Grunde wissen alle Bescheid, bis die Kunde zu guter Letzt auch zur Ehefrau vordringt. Das sind alles keine Erstaunlichkeiten.

Was dagegen erstaunlich ist und was auch Frau Kleinheim verwundert hat, ist die Tatsache, dass nicht die Sekretärin, also sie, der Grund des Umzugs war. Traditionell wird doch die Sekretärin zur neuen Lebensgefährtin erkoren, denn der Mann als solcher ist faul. Wenn er von seinem altvertrauten Gemüse zur nächsten Blume hüpft, soll der Sprung nicht allzu weit sein. In der gesamten ministerialen Sekretärinnenschaft war die Verwunderung groß, vor allem auch darüber, dass Frau Kleinheim diesen Sprung über sie hinweg so gelassen hinnahm.

Frau Kleinheim steckt also den Kopf zur Tür herein und fragt, ob der Chef sie vielleicht gerufen habe. Sie weiß natürlich, dass das nicht der Fall ist, aber so ein Telefonat hat eben die unangenehme Eigenschaft, dass man immer nur die eine Seite hört, und wenn der Chef die Verbindung selber hergestellt hat, ist die Möglichkeit des sekretärischen Mithörens beider Seiten per Telefon nicht ohne gewisse Umstände zu bewerkstelligen. Da ist es eben manchmal unumgänglich, in persona vorstellig zu werden, um die Umfänglichkeit des Wissens nicht zu gefährden.

Nun stell dir den Herrn Ministerialdirigenten bildlich vor: den widerborstigen Sohn an der Strippe, die Sorge um die Ehefrau im Nacken, den daraus resultierenden Groll von Gattin Susanna wie ein Damoklesschwert über sich und jetzt auch noch den besorgten Kopf der Sekretärin in der Tür. Er steht da wie ein Jongleur, hat mit seinen drei Bällen Sohn, Ex und Ehefrau schon genug um die Ohren, da wirft ihm die Sekretärin noch einen vierten zu. Also tut er das, was auch der ertappte Schuljunge tut, der erschreckt den Spickzettel in die Tasche schiebt und dadurch die ganze Sache erst richtig versaut – er lässt einen Ball fallen, und das ist ausgerechnet der Sohn.

Herr Ministerialdirigent Hertling legt den Hörer auf die Gabel.

***

Mit einer Lupe kann man alles genauer besehen. Nun gut, manches möchte man vielleicht gar nicht so genau sehen. Deshalb geht Herr Schmidt, bevor er sich den Finger mit der Lupe auf Unterarmgröße hochzoomt, erst mal an seinen Gin-Vorrat. Für die Briefmarke allerdings, die vorne auf dem Päckchen pappt, hätte er den Gin noch nicht gebraucht. Früher stand da immer »Kleinkleckersdorf 07.09.1967« oder so was. Die Zeiten sind vorbei. Da steht jetzt nur noch »Briefzentrum«. Aber ein Datum gibt es immerhin noch. Obwohl ihn natürlich der genaue Ort deutlich mehr interessiert hätte, weiß er jetzt wenigstens, dass das Paket vor über einer Woche abgeschickt wurde.

Diese Information wäre eigentlich gar nicht nötig gewesen, denn dem Finger sieht man an, dass er nicht erst gestern seinen Besitzer verlassen hat. Deutlich sogar. Leider. Durch die Plastiktüte hindurch, in die er verpackt ist. Gott sei Dank.

Also, wenn das ein Finger von Frau Hertling ist, wundert es Herrn Schmidt nicht, dass ihr Mann sie verlassen hat. Wer eine Frau mit solchen Pranken liebt, muss schon einen außergewöhnlichen Geschmack haben. Also wirklich. Aber trotzdem. Wie konnte der Hertling auf den Gedanken kommen, das sei der Finger seiner Frau? Vielleicht ist er dem alten Werbespruch aufgesessen und hat bei dem Päckchen gedacht: Nur wo »Frau Hertling« draufsteht, ist auch Frau Hertling drin.

Oder vielleicht so: Wenn man jemanden sucht, ist es natürlich klar, wem der Finger gehört, wenn man einen findet. So hat man wenigstens schon mal ein Stückchen von ihm gefunden. Das sind jetzt vielleicht einfache Denkstrukturen, aber Menschen sind eben schlicht gestrickt. Hat Herr Schmidt schon öfter erlebt, als ihm lieb ist. Und dann natürlich die Tatsache, dass der Fingernagel rot lackiert ist. Und zwar picobello. Nichts abgeblättert oder so. Da konnte man gleich sehen, dass der Finger nach dem Lackieren nicht mehr benutzt wurde. Lackierung posthum sozusagen. Bei so was kann man natürlich darauf kommen, dass es sich um einen weiblichen Finger handelt. Hätte selbst einem so gewieften Detektiv wie Herrn Schmidt passieren können. Oder vielleicht doch nicht.

Jetzt, also spätestens jetzt, hätte Herr Schmidt eigentlich zur Polizei gehen sollen, denen den Finger auf den Tisch knallen und sie machen lassen. Das zumindest hätte ein seriöser Detektiv getan. Schließlich ist das Abmontieren von Fingern ein Offizialdelikt. Da kann der Eigentümer nicht sagen: Gott, nun, ja, gestern haben sie mir mein Auto geklaut, ärgerlich, klar, aber was soll's. Und heute eben einen Finger. Der war eigentlich sowieso über, komme mit neun Fingern prima zurecht. Nein, nein, so geht das nicht. Selbst wenn für manche Leute ein Auto vielleicht wichtiger wäre als ein Finger. Trotzdem ist der Diebstahl eines Autos für die Polizei uninteressant, wenn ihn keiner anzeigt. Ein Finger dagegen nicht. Selbst wenn der ehemalige Eigentümer sagt: Den Finger brauch ich nicht mehr und in diesem Zustand schon gar nicht.

Das Gleiche gilt für das Finden. Wer ein Auto findet, darf es behalten, wenn es keiner wiederhaben will, einen Finger darf man nicht behalten. Das nun wiederum ist irgendwie einleuchtend. Wer will schon einen Finger behalten, der ihm nicht gehört – und noch dazu einen reichlich angegammelten?

Also, wie gesagt, wenn Herr Schmidt ein seriöser Vertreter seines Standes wäre, hätte er so einen dubiosen Auftrag gar nicht annehmen dürfen. Aber er ist nicht seriös, zumindest nicht immer, und wenn er mit Aufträgen ein bisschen klamm ist, schon gar nicht. Das ist dann quasi Selbsterhaltungstrieb, beinah schon das Abwägen von Rechtsgütern, und da wiegt sein Recht ja wohl stärker als das Recht eines abben Fingers. Und was heißt hier eigentlich »Stand«? Jeder Hans und Franz kann ein Schild an seine Tür nageln mit

»Detektei Schmidt« drauf und dann herumdetektivieren. Das ist gar kein Problem. Sonst hätte er das ja gar nicht machen können. Und die ganzen Urkunden an der Wand in seinem Arbeitszimmer hätten echt sein müssen. Aber was heißt schon »echt«? Die hat er sich auf echtem Papier mit einem echten Drucker gedruckt, und die Stempel sind auch echt, ist ja heutzutage alles machbar. Mit ein bisschen Phantasie können da wahre Kunstwerke entstehen. Also Herr Schmidt ist recht zufrieden damit. Und zwischen all den echten Urkunden hängt ein echter Ölschinken vom Flohmarkt. Das macht was her. Wenn ein Kunde kommt, hat er mächtig was zu staunen. *Wenn* einer kommt.

Der Hertling hat allerdings nicht gestaunt, weder über den Ölschinken noch über die Urkunden. Vielleicht kein Wunder. Wenn man einen Finger im Gepäck hat, dann wundert man sich über gar nichts mehr. Ich denke mal, dass er deshalb die ganze Schmidt'sche Kunst mit dem Arsch nicht angeguckt hat, als er den Auftrag unterschrieb.

Ja, nun, der Auftrag. Eigentlich ganz klar: Der Auftrag besteht darin, den Rest zu dem Finger zu finden. Aber der Hertling hat ja gedacht, es sei der Finger seiner Ex. Muss ganz schön durch den Wind gewesen sein, wenn er das gedacht hat. So dick, wie der Finger ist. Aber so was passiert halt, wenn man nicht genau hinschaut. Wenn du mich fragst, gehört so einer nicht in die Politik. Gucken kann schließlich jeder, das müsste man eigentlich auch von einem zukünftigen Landesvater erwarten dürfen. Deshalb ist Hertling wahrscheinlich auch kein Ministerpräsident, sondern nur Ministerialdirigent, obwohl ich eigentlich gedacht hätte, dass das Guckenkönnen auch für Ministerialdirigenten als Einstellungsvoraussetzung gilt.

Aber man sieht das Dilemma, vor dem Herr Schmidt steht. Soll er nun den Eigentümer des Fingers suchen oder die Ex? Da sieht man schon, dass für einen Detektivberuf eine ganze Menge Eigenverantwortung und Entscheidungsfreude erforderlich ist, und das ist deutlich schwieriger, als einfach nur zu gucken. Vielleicht sollte er auf Ministerpräsident umsatteln.

***

Nach längerer Überlegung beschließt Herr Schmidt, dass Herr Hertling eher am Verbleib der Ex interessiert ist, als Genaueres über den Eigentümer des Fingers zu erfahren. Er stopft den Finger ins Eisfach neben die Flasche Aquavit, die da für besondere Anlässe lagert, und fährt nach Suchsdorf. Mit seinem Firmenwagen. Das hört sich jetzt so an, als ob er noch einen Privatwagen hätte, was natürlich in Anbetracht seiner desolaten Finanzlage nicht der Fall ist. Es ist ganz klar ein Firmenwagen. Als ob er sich privat jemals solch ein Auto gekauft hätte! Gänzlich schmucklos, dunkel, unauffällig, mit leicht getönten Scheiben, damit ihn keiner sieht, wenn er sich mit Kamera im Anschlag nachts den Arsch abfriert. Mit so was schindet man keinen Eindruck bei der holden Weiblichkeit. Solch ein Auto tut auch der Potenz nicht gut. Aber glaubt ihm das das Finanzamt, wenn er es steuerlich absetzen will?

»Sie wollen mir doch nicht weismachen, dass Sie das Auto nicht auch privat nutzen«, hat die Schnepfe vom Finanzamt spitz gesagt.

Ach du meine Güte. Was heißt denn hier ›privat‹? Natürlich ergänzt er seinen Gin-Vorrat nicht zu Fuß. Im Grunde müsste er die Alkoholkosten auch von der Steuer absetzen können, denn ohne Gin wäre dieser Job gar nicht zu ertragen.

Auf jeden Fall führt er seitdem ein Fahrtenbuch. Ein Schreibkram, das alles! Da hätte er ja gleich Krankenschwester werden können. Die kommen vor lauter Dokumentieren ihrer Arbeit auch kaum noch zum Wesentlichen. Er war mal mit einer befreundet. Wenn er sich recht erinnert, ist die abgesprungen, als sie seinen Wagen gesehen hat.

Da steht er nun also in diesem Seitengässchen in Suchsdorf, Haus zu, Fenster zu, alles dicht. Da sei kein Reinkommen, hat der Hertling schon gesagt, und sein Hausschlüssel sei irgendwie weg. Seine Frau, also seine Frau Gemahlin, wisse sicher, wo der Schlüssel ist, aber die wolle er nicht fragen, hat er gesagt. Irgendwie verständlich.

Hey, Susanna, weißt du, wo der Schlüssel fürs Haus meiner Ex ist? Ich will sie mal besuchen. Das kommt nicht gut. Da kann selbst der geradeste Haussegen in Schieflage geraten, besonders wenn die Ex sowieso ständig was von ihrem Verflossenen will. Darüber sind die Neuen oft nicht begeistert. Verständlich. Ist ja noch schlimmer, als wenn die Schwiegermutter dauernd reinschneit.

So ein verschlossenes Haus ist natürlich auch ohne Hausschlüssel kein Problem. Weiß man seit dem ersten »Schimanski«, dass eine Scheckkarte Wunder wirkt. Ein Ratsch und die Tür ist offen. Siehst du in jedem zweiten Krimi. Da hat sich das Fernsehen bisher nichts Neues ausgedacht. Blamabel, so was. Verschlossene Türen sind natürlich trotzdem kein Problem, nur sind Scheckkarten eben kein probates Mittel.

Herr Schmidt kommt also rein, überlegt noch so ein bisschen, ob er nicht den Detektivjob an den Nagel hängen und lieber Schlüsseldienst werden soll, und fängt an zu suchen. Aber was sucht man, wenn man nicht weiß, was man sucht? Da bewundert er immer die Fernsehkommissare, die auch oft nicht wissen, was sie suchen sollen, dann aber regelmäßig in irgendeiner Ecke im hintersten Regal ein winziges Zettelchen finden und dann gleich erkennen, dass das den Mörder hinter Gitter bringen wird. Und sie sagen es dann auch gleich laut und deutlich, damit der Zuschauer es auch weiß.

Herr Schmidt sucht erst mal nach was Größerem. Vielleicht liegt Frau Hertling irgendwo in einer Ecke. Er hätte sie gleich erkannt, weil Herr Hertling ihm ein Bild von ihr dagelassen hat, was in diesem Fall ganz besonders wichtig war. Wenn er eine Frau mit neun Fingern finden würde, wäre das ja als Identifizierung nicht hinreichend. Nicht einmal notwendig, falls du den Unterschied kennen solltest.

Ehrlich gesagt hat sich Herr Schmidt ein bisschen gewundert, als der Hertling ein Bild seiner Ex aus der Brieftasche zog und es ihm mit den Worten »Jetzt ist sie natürlich etwas älter« über den Tisch schob. Und als seine Susanna hätte er sich noch mehr gewundert. Das zeugt von Nichtloslassen-Können. Von so einem sollte man als Frau die Finger lassen. Alle zehn.

Hast du schon mal was in einem Reihenhaus gesucht? So ein Haus besteht ja praktisch nur aus Treppe. Da muss man strategisch vorgehen – selbst als Bewohner –, sonst kommt man hoffnungslos aus der Puste von dem ewigen Treppauf, Treppab. Schnell gewöhnt man sich daran, unnötige Wege zu vermeiden, wodurch manches in Vergessenheit gerät. Herr Schmidt kennt Reihenhausbewohner, die ihre eigene Großmutter … nein, ganz unschön. Besonders, als sie sich eines Tages doch wieder erinnert haben.

Also, Herr Schmidt fahndet erst mal von oben bis unten in allen Ecken nach Frau Hertling. Nichts. Aber bei dreihundert Euro Vorschuss kann ein Auftraggeber schon mehr erwarten als nur eine gute und eine schlechte Nachricht. Zuerst die schlechte: Sie ist weg. Dann aber gleich die gute: Sie hat noch alle zehn Finger. Wobei das natürlich reine Spekulation gewesen wäre, denn wer weiß, ob die Tatsache, dass sie weg ist, für Herrn Hertling wirklich eine schlechte Nachricht ist.

Und was heißt schon »weg«? Bisher kann Herr Schmidt allenfalls sagen, dass sie nicht *da* ist. Ein bisschen mau für dreihundert Mäuse. Wenn er Arzt wäre! Da sagt man guten Tag, und schon ist der erste Fuffi im Sack. Auf diese Weise hat man dreihundert Dinger schnell reingeholt. Aber ein Detektiv wird nach Stunden bezahlt. Deshalb nimmt er sich vor, noch mindestens drei Stunden zu suchen. Mit dem Auftragsgespräch zusammen wären das vier Stunden, noch zwei Stunden Berichtschreiben dazu – das Wichtigste, wie er seit dem Techtelmechtel mit der Krankenschwester weiß –, macht sechs Stunden. Dafür sind dreihundert nicht zu viel. Also aus seiner Sicht. Klar, wenn Herr Hertling als Ministerialdirigent mal an einem Seminar teilnimmt, dann ist so eine Summe schon nach dem Frühstück weg, noch bevor der Dozent mit »Meine sehr verehrten Damen und Herren« seinen erhellenden Vortrag angefangen hat. Aber das zahlt ja der Steuerzahler, da ist man großzügiger.

Erst mal macht Herr Schmidt sich mit dem Ordnungsprinzip der Bewohnerin vertraut. Im Erdgeschoss hat sie alles, was man ständig braucht: Kühlschrank, Fernseher, Sitzgruppe. Im ersten Stock ist alles, was man nicht so häufig braucht: Bett, Klamotten, Badezimmer. Im Keller dann das, was man selten braucht: Waschmaschine, Leiter, Schraubenzieher. Unterm Dach das, was man gar nicht braucht. Da steht das Gästebett. Kann er gut verstehen. Gäste braucht man nun wirklich überhaupt nicht.

Alles so eingerichtet wie in jedem anderen Haus auch. Oder sagen wir besser: in fast jedem Haus. Kann ja sein, dass du die Leiter im Wohnzimmer stehen hast, weil die Deckenbeleuchtung ständig flackert und du nur eins fünfzig groß bist.

Bis Herr Schmidt das Ordnungsprinzip spitzhat, ist er schon viermal die Treppe rauf und runter. Und was für eine Treppe. Nun, nicht grad Wendeltreppe, aber doch recht kurvig, und er hat Schuhgröße siebenundvierzig, da muss man sowieso jede Treppenstufe quer treten. Wenn man die Innenkurve nimmt, dann passen nicht mal die Zehen drauf – also rauf, runter ist es eine einzige Schlitterpartie. Im Grunde sollte er den ersten Hunni als Gefahrenzulage verbuchen.

Den nächsten Rundgang lässt er langsamer angehen und

knöpft sich erst mal in aller Ruhe das Arbeitszimmer vor. Ja, Madam hat ein Arbeitszimmer. Im ersten Stock. Wird also nicht ganz so häufig benutzt. Klar, was hat eine Ex mit reichlich Bezügen vom Gatten schon groß zu arbeiten? Der Himmel auf Erden. Warum bin ich nicht als Frau geboren?, denkt Herr Schmidt. Na, Schwamm drüber, es soll ja auch Nachteile geben.

Ihren Computer allerdings könnte Frau Hertling ebenso gut auf dem Dachboden stehen haben. Kein Passwort, alles ungeschützt, die jüngste Mail von vor drei Monaten, wenn man von den vielen Fragen absieht, ob sie genügend Spaß im Bett hat oder ihr Penis vielleicht zu kurz ist. Meine Güte, die hat nicht mal einen Schutz vor Spams.

Beim Durchflöhen ihrer Kontoauszüge – alle prima abgeheftet, warum auch nicht, mit denen konnte sie sich wirklich sehen lassen – wird er hungrig. Also wieder runtergeschlittert und die Inspektion mit dem Kühlschrank fortgesetzt. Da wird er dann allerdings stutzig. Der ist leer – bis auf ein angebrochenes Glas Gurken und zwei Tuben Tomatenmark. Und der Mülleimer auch. Wer macht denn so ratzeputz alles leer und sauber, wenn er gekidnappt oder erdolcht wird? Nachdem er sich geschlagene zwei Sekunden diese Frage gestellt hat und dann noch in den Keller gegangen ist, weil man Koffer ja nicht so oft braucht und sie deshalb wahrscheinlich nicht im Wohnzimmer unterstellt, scheint klar: Madam ist auf Urlaubsreise. Warum auch nicht, das Vermögen ist ja da.

Wo er nun schon mal im Keller ist, schaut er sich nach einer Kühltruhe um. Vielleicht findet er dort was, das er auftauen und sich hinter die Kiemen schieben kann. Er denkt an früher. Zu Hause haben sie auch eine Kühltruhe gehabt. Und immer was Leckeres drin, damals, als er noch Stoffel hieß und, wenn's hochkam, auch mal Steppke, aber nie Stefan. Ohne Probleme konnte man ein halbes Reh oder Schwein drin unterbringen, was dank der jagdlichen

Aktivitäten von Herrn Schmidt senior und seiner ständigen Hege und Pflege des heimischen Wildbestands auch regelmäßig der Fall war. Später hat Herr Schmidt junior dann auch von halben Menschen gehört, die in Kühltruhen ein neues Zuhause gefunden haben sollen. Aber damals zu Hause: nur Rehe, Hasen und Fasane. Trotzdem stand die Kühltruhe im Keller, wurde also selten gebraucht: Fleisch gab es nur sonntags.

»So ist das bei armen Leuten wie uns«, sagte seine Mutter, obwohl Stefan immer den Eindruck hatte, dass sie eigentlich vor allem wegen der Kühltruhe so arm waren. Wenn seine Mutter wie alle anderen Mütter täglich zum Schlachter gegangen wäre, wären sie weitaus weniger arm gewesen, weil sie immer was Gutes auf dem Tisch gehabt hätten.

Erst sehr viel später hat Herr Schmidt junior spitzgekriegt, dass sie tatsächlich nicht so arm waren, wie die Mutter immer tat, sondern nur einen geizigen Vater hatten, der die geschossenen Rehe lieber in der Kühltruhe vor der gefräßigen Familie rettete, als sich von seiner Brut die Rehe und Hasen samt Haaren vom Kopf fressen zu lassen. Na ja, das ist lange her. Herr Schmidt hat schon lange nichts mehr von seinem geizigen Vater und seiner gehorsamen Mutter gehört. Aber die Kühltruhe ist ihm noch in deutlicher Erinnerung.

Frau Hertling hat keine Kühltruhe. Vielleicht besser so. Wer weiß, was er gefunden hätte. Womöglich eine halbe Frau Hertling. Den Rest kriegt sie dann peu à peu per Post zugeschickt. Das sind so Gedanken, die einem durch den Kopf gehen, wenn man Privatdetektiv ist und Hunger hat.

DREI

Nachdem es alle anderen schon wussten, hat es damals auch Frau Hertling quasi als Allerletzte mitgekriegt, dass sich ihr Göttergatte in die Praktikantin der Nachbarabteilung nicht nur verguckt, sondern richtig verschossen hat. Das hat sie ziemlich aus den Socken gehauen. Sich selbst hätte sie jederzeit einen Seitensprung zugetraut – ob es dazu gekommen ist, wollen wir mal dahingestellt sein lassen –, aber dass ihr Mann sich was Neues zulegt, damit hat sie im Traum nicht gerechnet. Wieso auch? Ihr Mann war schließlich mit seinen fünfundvierzig Jahren nicht mehr der Jüngste, sah zumindest in ihren Augen nicht besonders gut aus, das Haar etwas schütter, von Waschbrettbauch schon lange keine Rede mehr – wer nimmt so was denn noch?

Nein, so was nimmt natürlich keine mehr, aber so was nimmt eine andere *in Kauf.*

Ein Ministerialdirigent ist nämlich Beamter. Und was das ist, wusste schon Otto Reutter vor hundert Jahren: »Ein Beamter mit Pension, sehr begehrt ist die Person.« Und ein Beamter wird heutzutage immer begehrter. Denn während er auf die Pension wartet, füllt sich sein Konto. Zuverlässig. Monat für Monat. Wer kann das sonst noch von sich sagen. Was früher allenfalls für einen Arbeiter galt, nämlich dass tagtäglich das Damoklesschwert der Entlassung über ihm schwebt, gilt nun seit Längerem schon auch für Angestellte. Sogar bis hoch ins mittlere Management.

So was kann man nicht heiraten. Nachher steht man da als Angetraute so eines mittleren Managers, schwanger bis über beide Ohren, in dem nicht abbezahlten Kinderzimmer, finanzielle Sorgen dräuen, und an ein Zweitkind ist nicht zu denken. Welche Frau will so was?

Frauen sind daher pragmatisch und vögeln gleich – Entschuldigung. Druckfehler –, und Vögeln gleich suchen sie sich einen Vöglerich, der stabile Nester bauen kann und nicht flügellahm ist, damit er die nötigen Brötchen heranfliegen kann, während sie es sich auf den Eiern gemütlich machen. Und wer da sagt, Frauen hätten ein Spatzenhirn, der hat zumindest insofern recht, als sie, wenn sie Küken wollen, die Nestbauqualitäten ihres Zukünftigen nicht aus den Augen verlieren. Insofern ist ein Beamter allenfalls von einem Topmanager zu toppen. Aber die sind rar, rarer zumindest als Beamte. Noch. Die Zahl der Beamten nimmt kontinuierlich ab. Da kann man – oder, besser gesagt, frau – keine Rücksicht mehr drauf nehmen, wenn ein Beamter schon besetzt ist. Und ein gewisses Alter darf auch nicht stören. Auch hierzu kannst du Otto Reutter befragen: »Nehmen Sie einen Alten! Hat er auch schon manche Falten, die sind nur am Kopf zu seh'n, das andre ist vielleicht sehr schön.«

Aber nur vielleicht.

Nun, dieses Risiko ist Susanna damals eingegangen, zumal es ja nicht lange ein Risiko blieb, weil sie schon bald einen ausführlichen Blick auf »das andere« werfen konnte.

***

Susanna ist auf der Sonnenseite des Lebens groß geworden. Während Schulzeit und Studium ist das Geld reichlich geflossen. Gott nun, was heißt schon »reichlich«? Sagen wir mal: Es war genug. Papa hat ihre niedliche Zwei-Zimmer-Wohnung in Heikendorf bezahlt, ebenso das kleine Auto, natürlich alles, was man sonst noch so zum Leben braucht, und auch vieles von dem, was man nicht zum Leben braucht. Aber dann war irgendwann Schluss, denn jeden Hunderter wollte er auch ihren beiden Schwestern zustecken, sodass es dann ein Dreihunderter gewesen wäre. Und Dreihunderter gibt es bekanntlich nicht, und wenn man drei Töchter studieren lässt, schon gar nicht. Als Papa heiratete, war ihm bewusst, dass jede Mark nur noch die Hälfte wert sein würde. Das Sprichwort kannte er. Dass aber auch die andere Hälfte, die ja nun eigentlich ganz allein seine hätte sein sollen, mit jedem niedlichen Baby, das ihm seine Frau in die Wiege legte, schrumpfte, das war ihm bis dahin in seiner ganzen Tragweite nicht so klar gewesen.

Deshalb hat Papa seine Susanna nach dem Ende ihres Studiums outgesourct. Hatte schon vorher immer mal wieder warnend den Zeigefinger gehoben und von »brotloser Kunst« anlässlich ihrer Studienwahl gesprochen, aber er hatte sein Töchterchen gewähren lassen. Doch als sie ihren Abschluss in der Tasche hatte, war Schluss. Jetzt sollte sie ihre niedliche Wohnung, das kleine Auto und alles, was sie zum Leben brauchte, und vor allem das, was sie nicht brauchte, gefälligst selber bezahlen.

Zuerst war das natürlich ein wunderbares Gefühl, dieses »Solange du deine Füße unter meinen Tisch stellst« nicht mehr hören zu müssen und alles tun zu können, worüber ihre Eltern vielleicht die Nase gerümpft hätten. Nicht, dass sie das nicht vorher auch schon getan hätte, aber immer heimlich und mit leicht schlechtem Gewissen – so am finanziellen Tropf der Eltern. Jetzt endlich konnte sie die Füße unter dem väterlichen Tisch hervorziehen und auf eigenen Beinen stehen.

Die Kehrseite dieser Medaille zeigte erst ihre hässliche Fratze, als sie partout keinen geeigneten Job fand und sich in die Klauen des Jobcenters begeben musste, das sie für die klägliche Unterstützung, die es gewährte, mit idiotischen »Maßnahmen« belästigte und sie von einer Bewerbung in die nächste hetzte. Sie hat im Grunde nur den Tisch gewechselt, unter den sie ihre Füße steckte, und da war der elterliche Tisch der weitaus freundlichere und bequemere gewesen. Und der großzügigere.

Ein Tisch namens Jobcenter macht mürbe, empfindlich,

trübsinnig. Die Worte ihres Vaters »Wie soll das nur alles weitergehen?« bekamen jetzt auch für sie eine Bedeutung. Ja, wie sollte das nur alles weitergehen? So dachte sie, als das Jobcenter ihr einen Praktikumsplatz im Ministerium aufs Auge gedrückt hatte. Und so dachte sie, während sie zwischen Kopierer und Kaffeemaschine hin- und herpendelte.

Doch als sie Herrn Hertling sah, wusste sie plötzlich, wie es weitergehen sollte.

***

Dann war alles ganz schnell gegangen. Aus einer anfänglich reinen Zweckliaison war Liebe geworden. Ja, richtige Liebe. Der Herr Ministerialdirigent war ein liebenswerter Mann, ganz normal, gar nicht hochnäsig, wie sie anfangs gedacht hatte, einfach nur toll, und ein Waschbrettbauch konnte ihr gestohlen bleiben. Er zog zu ihr in ihre niedliche Zwei-Zimmer-Wohnung, und sie konnten die Enge überstehen, ohne sich gegenseitig zu zerfleischen.

»Erstaunlich«, hat Papa damals gesagt. »Ob deine Mutter und ich das ausgehalten hätten, so dicht aufeinander?« Susanna und Hans-Hermann haben es ausgehalten. Nach der Hochzeit waren sie in eine größere Wohnung gezogen, und seit fünf Jahren leben sie in diesem wunderschönen kleinen Haus mit Blick auf die Förde am Rand von Heikendorf.

Also wirklich alles prima: Liebe da, Nest da, der Vöglerich flog ohn' Unterlass Brötchen nach Hause, nur eben – sie legte keine Eier. Von Brüten keine Spur. Bei ihrer Heirat war sie sechsundzwanzig gewesen. Es war so vieles neu, so viel zu erleben, da hätte sie nicht wissen wollen, was die Kollegen von Hans-Hermann gesagt hätten, wenn sie gleich schwanger geworden wäre. Aber als sie dann ihr Haus bezogen und sie immerhin dreißig wurde, da hätte es wirklich gepasst.

Aber tote Hose sozusagen. Ob Hans-Hermann, ihr wunderbarer Mann, zwar nicht flügellahm, aber vielleicht lendenlahm geworden war? Oder lag es an ihr? Er hatte immerhin mit zwei Söhnen seine Fruchtbarkeit schon bewiesen. Ob sie die taube Nuss war? Und was war mit ihm? Wünschte er sich ein weiteres Kind? Schmälerte es seine Liebe zu ihr, seit er gemerkt hatte, dass sich bei ihr nichts tat? Eifersucht stieg in ihr hoch, wenn sie daran dachte, dass er eine komplette Familie hatte und sie nur ein Anhängsel war.

Es ist beinah zum Lachen, wenn sie daran denkt, wie früher manchmal ein unwichtiger erotischer Ausrutscher sie durch die nächtliche Wohnung hat geistern lassen. Oh Gott, hoffentlich nicht schwanger geworden. Ständig drohte die Gefahr. Pille vergessen? Nicht aufgepasst? Und jetzt? Im Grunde gibt es nur zwölfmal im Jahr die Gelegenheit, schwanger zu werden.

Nun gehört Susanna nicht zu den Frauen, die mit dem Thermometer in der Hand hinter ihrem Mann herlaufen und auf Beischlaf beharren. Sie sagt nichts – das erste Geheimnis, das sie vor ihm hat –, achtet aber darauf, dass ihre fruchtbaren Tage nicht ungenutzt vorüberstreichen. Aus Spaß ist Ernst geworden. Eine Scheiße, das. Gerade auf diesen Teil ihres gemeinsamen Glücks ist ein Wermutstropfen gefallen.

***

Herr Schmidt ist von dem angebrochenen Glas Gurken und den zwei Tuben Tomatenmark natürlich nicht satt geworden. Gerade als er überlegt, ob er sich nicht eine Pizza kommen lassen und als Spesen dem Herrn Hertling in Rechnung stellen soll, hört er Schritte. Nun sind Schritte in einer Reihenhaussiedlung nichts Ungewöhnliches, denn dort wohnen naturgemäß mehr Menschen als in einem einzeln stehenden Haus, aber diese Schritte nähern sich unüberhörbar der Hertling'schen Eingangstür.

Haste, was kannste sprintet Herr Schmidt die Fast-Wendeltreppe hoch, nimmt zwei Stufen auf einmal – und das mit seiner Schuhgröße –, versteckt sich auf dem oberen Treppenabsatz und späht vorsichtig nach unten. Die Tür wird aufgeschlossen, und leichte Damenschuhe – mehr kann er nicht erkennen – trippeln in den Hausflur. Als sie nach kurzer Zeit auch auf der Treppe trippeln, muss er noch ein Stockwerk höher flüchten. Von hier sieht er nun gar nichts mehr, nicht einmal mehr die Damenschuhe.

Was ist zu tun? Wenn ihn Frau Hertling entdeckt – um wen soll es sich sonst handeln? –, wenn Frau Hertling ihn also hier entdeckt, das wäre schon unangenehm. Mehr als unangenehm. Wenn sie es überhaupt überlebt und nicht vor Schreck einen Herzinfarkt kriegt. Während er also noch überlegt, was zu tun ist und ob er sich vielleicht auf eine Nacht im Gästebett einrichten muss und ob er die zusätzlichen Stunden Herrn Hertling auf die Rechnung setzen kann, trippeln die Schritte wieder nach unten und verlassen das Haus – nicht ohne sorgfältig abzuschließen. Zwei Mal.

Er kann sein Glück kaum fassen. Noch mal mit einem blauen Auge davongekommen. Obwohl natürlich eine bezahlte Nacht in Frau Hertlings Gästebett auch nicht zu verachten gewesen wäre – bei seiner desolaten Finanzlage. Dass er noch über eine Stunde an dem Schloss herumprokeln muss, um die doppelte Verriegelung zu öffnen, ohne Spuren zu hinterlassen, was er finanziell zu Buche schlagen lassen kann, das weiß er ja jetzt noch nicht.

Denn erst einmal muss er herauskriegen, was Frau Hertling hier bei sich zu Hause gemacht hat – so kurz. Zwar streift ihn der Gedanke, dass es ja auch jemand anders gewesen sein kann, der einen Schlüssel zu diesem Haus hat. Die beiden Söhne werden wohl einen Schlüssel haben und damit auch deren Frauen Gemahlinnen. Oder Herr Hertling hat den Schlüssel gar nicht verloren, sondern er wurde ihm von seiner Susanna abgenommen. Wer käme noch in

Frage? Die Sekretärin. Das alles schießt ihm kurz durch den Kopf, Aber dann besinnt er sich wieder. Das sind alles Gedanken, wie sie Detektive in Kriminalromanen haben, er aber steht hier ganz real in Frau Hertlings Haus.

Im ersten Stock, also bei den nicht ganz so oft benötigten Dingen, ist sie gewesen. Was hat sie hier gemacht? Mit dem Computer kann es nichts zu tun haben, der ist aus. Er fasst ihn an. Noch warm. Na bitte. Er schaltet ihn wieder ein und forscht. Nun weiß ich nicht, wie dein Verhältnis zu Computern ist. Es soll ja Leute geben, die mit ihnen auf Du und Du stehen. Aber dann auch wieder solche, die knapp wissen, wo der Ein-und-aus-Knopf ist. Beim eigenen. Mit fremder Leute Computer wissen sie gar nichts anzufangen. Ich zum Beispiel gehöre eher zur zweiten Sorte. Nicht so unser Herr Schmidt. Für einen gewieften Detektiv wie ihn ist es ein Leichtes, folgende Mail zu entdecken: »Lass mich endlich in Ruhe, du Hurenbock, sonst setzt es was«, liest er. Gesendet an Hans-Hermann Hertling, Ministerium.

Oha, das hört sich aber unfreundlich an. Hätte er Frau Hertling gar nicht zugetraut, so besorgt, wie Herr Hertling über seine Ehemalige gesprochen hat. Und sprachlich auch nicht sehr ausgefeilt. Wer hätte gedacht, dass ein zukünftiger Landesvater so sehr danebengreift bei der Wahl seiner ersten Ehefrau. Jetzt kann Herr Schmidt es wirklich mehr als gut verstehen, dass Herr Hertling sich umorientiert hat. Wenn sich zu einer gewissen Verwelktheit, die mit zunehmendem Alter kaum vermeidbar ist, auch noch solche geistigen Abgründe auftun.

Damit ist der Fall geklärt und der Auftrag für Herrn Schmidt beendet. Frau Hertling lebt und erfreut sich offensichtlich bester Gesundheit, wie jetzt sicherlich auch Herrn Hertling klar wird, selbst wenn er den abben Finger immer noch seiner Frau zurechnen sollte. Wer solche Mails schreibt, der hätte es im Zweifelsfall nicht einmal besser verdient, mit ohne Finger durchs weitere Leben gehen zu müssen.

Schade eigentlich. Der Auftrag hat gerade angefangen, so ein bisschen ausbaufähig zu wirken, da findet er sein abruptes Ende. Herr Schmidt begibt sich ein letztes Mal auf einen Rundgang durchs Haus. Vielleicht findet er etwas, das ihm das Ende dieses Ausflugs in die Welt des Wohlstands etwas versüßen könnte – er denkt dabei weniger an Schokolade, eher an etwas Höherprozentiges. Einen Gin hofft er nun nicht gerade zu finden, aber vielleicht einen Eierlikör oder Eckes Edelkirsch oder zumindest eine Cognacbohne. Wo würde eine Frau Hertling ihre Alkoholitäten aufbewahren?

Im Wohnzimmer mit Schrankwand findet er im obligatorischen Barfach nur einen Stapel Servietten, etliche Kerzenhalter und einen Haufen Teelichter. Doch bei einem Durchgang durch die Schränke in der Küche wird er fündig. Eine Flasche Weinbrand steht da zwischen den Gewürzen, nicht gerade die teuerste Sorte, offensichtlich nur als i-Tüpfelchen für Soßenkreationen gedacht. Kurz überlegt er, ob er die Flasche an den Mund setzen soll, doch dann sucht er sich ein Glas. So viel Zeit muss sein, und so viel Anstand hat er denn nun doch noch, selbst der Ex seines Auftraggebers gegenüber. Er setzt sogar noch einen drauf und spült das Glas nach Gebrauch kurz ab, bevor er es wieder in den Schrank zurückstellt.

Ja, siehst du, das Wahren der Etikette zahlt sich aus. Ohne den Gang zur Spüle wäre sein Blick vielleicht nie auf den Messerblock gefallen, in dem fünf Messer und ein Schleifstab stehen. Der sechste Schlitz ist frei. Das größte Messer fehlt.

Wie festgenagelt sind seine Augen auf diesen schmalen Spalt im Holz gerichtet, während es in ihm denkt. Wo bewahrt eine Frau mit derart ausgeprägtem Ordnungssinn ihr Schlachtermesser auf? Natürlich dort, wo sie es braucht. Vielleicht sticht sie damit den Löwenzahn im Garten aus, und es ist bei den Gartengeräten. Oder es liegt als Brieföffner neben dem Computer im ersten Stock. Oder sie nimmt es nachts mit ins Bett, um gegebenenfalls ihre Jungfräulichkeit zu verteidigen.

Alles Unsinn, denkt er, Frau Hertling braucht ihr großes Messer natürlich in der Küche. So wie er sie inzwischen kennengelernt hat – eine Behausung verrät viel über den, der darin haust –, würde sie nie etwas zweckentfremden und dafür einen dauerhaft hässlich leeren Schlitz im Messerblock in Kauf nehmen. Das Messer liegt also nicht irgendwo im Haus, sondern es ist weg. Also »weg« im Sinne von »*richtig* weg«.

Bis dahin würden wir sicherlich alle mit unserem Denken kommen, aber Herr Schmidt ist Detektiv, und Detektive denken bekanntlich weiter. Deshalb denkt Herr Schmidt auch, dass das Messer nicht nur einfach weg ist, sondern dass es da ist, wo es gebraucht wird. Und plötzlich fällt ihm diese stilistisch wenig ansprechende Mail wieder ein, und er weiß mit einem Mal, was die Worte »sonst setzt es was« bedeuten.

Richtig heiß wird ihm bei der Vorstellung, wie Frau Hertling ihrem Mann mit dem Messer »was setzt« und wie sie dank der Finger, die sie alle noch hat, ganz präzise »was setzen« kann. Doch als er dann daran denkt, dass diese Überlegungen seiner finanziellen Situation eine ganz neue Wendung geben, wird ihm wieder behaglich warm. Er nimmt noch einen gehörigen Schluck Weinbrand – wieder ganz anständig mit Glas –, lässt aber diesmal den Abwasch aus und stellt es ungewaschen in den Schrank.

Während er dann, wie wir wissen, noch ein Stündchen am Schloss herumprokeln muss, bis er wieder rauskommt, hat er genügend Zeit, zu überlegen, was nun zu tun ist.

***

Jetzt, also spätestens jetzt, hätte Herr Schmidt zur Polizei gehen sollen, um ihr mitzuteilen, dass eine verrückt gewordene Frau Hertling mit gezücktem Messer durch die Gegend rennt, um ihrem Mann was zu setzen. Aber wann hätte man je gelesen, dass ein Detektiv die Polizei zu Hilfe ruft. Nie. Und besonders, wenn es sich um einen Detektiv mit Ebbe in der Kasse handelt. Ist einfach zu unwahrscheinlich.

Aber der Herr Schmidt ist einer von den Guten. Er setzt sich in seinem Büro an den Schreibtisch, um die 110 anzurufen. Nach 11 stockt er. Er hat eine bessere Idee, und er wählt die Nummer seines Auftraggebers. *»The person you have called is temporary not available«*, erklärt ihm eine freundliche Frauenstimme. Diese Ministerialdirigenten! Zu blöd, ihr Handy rechtzeitig aufzuladen, denkt Herr Schmidt. Na bitte, das Schicksal winkt, winkt mit allem, was es hat, gibt Herrn Schmidt noch einmal eine Chance, den Fehler nicht zu begehen, sondern die Polizei anzurufen. Aber Detektive scheinen den Ministerialdirigenten, die wie Herr Hertling auch nichts auf sich beruhen lassen können, in nichts nachstehen zu wollen.

Herr Schmidt wählt die Festnetznummer von Herrn Hertling.

»Ja?«

Es ist Susanna. Normalerweise meldet sie sich mit »Susanna Hertling«. Doch seit so merkwürdige Anrufe bei ihnen auflaufen, hat ihr Mann erst mal die Nummer ändern lassen. Nützte aber alles nichts, die merkwürdigen Anrufe blieben. Da hat er gesagt, sie solle sich nur noch mit »Ja« melden. Und seit sie in einem Anflug von Euphorie, weil ihre Tage auf sich warten ließen, andeutete, dass es vielleicht sein könnte, dass sie eventuell ein wenig schwanger sei, da hätte er es am liebsten, wenn sie gar nicht mehr ans Telefon gehen würde.

»Das regt dich nur auf und schadet dem Kleinen«, hat er gesagt und ihr zärtlich über den noch makellos flachen Bauch gestrichen.

Tut sie aber nicht, sondern sie geht ran, sagt: »Ja«, und

siehe da: wieder ein merkwürdiger Anruf. Zwar nicht so merkwürdig wie die anderen, bei denen am anderen Ende der Verbindung nur ein wenig geatmet wird, aber doch auch irgendwie merkwürdig.

»Ich muss Herrn Hertling sprechen, und zwar dringend«, presst Herr Schmidt heraus.

***

Wenn gerade jetzt jemand Herrn Hertling sprechen möchte, sollte er weder im Büro noch bei ihm zu Hause anrufen. Am besten wäre es auf dem Handy. Aber das geht leider nicht, wie wir wissen, denn er hat sein Handy abgestellt. Soll schließlich niemand erfahren, dass er bei seinem Sohn ist und Tinchen auf dem Schoß hat.

Ja, warum soll das denn niemand erfahren? Da ist doch nichts Anrüchiges dabei, wenn ein Großvater sein Enkelkind auf dem Schoß hat. Besonders wenn Vater und Mutter dabei sind und man gemeinsam Kaffee trinkt. Zumindest Vater und Mutter. Opa Hertling trinkt nicht. Das weiß Tinchen zu verhindern.

Das soll möglichst keiner mitkriegen, weil dieser Kaffeeklatsch zeitlich noch in seine Dienstzeit fällt. Das soll Frau Kleinheim regeln, wenn irgendwer ihn sprechen möchte. Die macht das prima. Wenn die wüsste, wo er ist, würde das ihre Kreativität nur beeinträchtigen, deshalb hat er ihr nichts gesagt.

Und Susanna soll es am besten auch nicht erfahren. Seit es nicht nur seine erste Enkelin Patricia, sondern noch zwei weitere kleine Purzelchen in seinem Leben gibt, ist sie etwas dünnhäutig geworden, wenn er seine »alte« Familie besucht. Außerdem, wer weiß, vielleicht bandelt sich da gerade was in Susannas Gebärmutter an. Da will er nicht durch unbedachte Äußerungen, die das Anbandeln gefährden könnten, dieses neue Kind sozusagen im Keim ersticken.

»Kinder, wie geht es euch?«, fragt er vergnügt und wippt mit den Knien, damit Tinchen fröhlich quiekt.

Die Kinder sind achtundzwanzig und vierundzwanzig Jahre alt, also inzwischen aus dem Gröbsten raus, stören sich aber nicht an dieser Anrede. Wenn Vater, Schwiegervater und Opa zu Besuch kommen, könnte das vielleicht etwas stressig werden, aber da es sich in diesem Fall um ein und dieselbe Person handelt, verspricht es ein gemütlicher, munterer Nachmittag zu werden.

»Iss noch ein Stück«, sagt Thea und schiebt ihm Frankfurter Kranz auf den Teller.

Das wird aber nicht einfach werden, denn Tinchen hat ihm inzwischen die Kuchengabel aus der Hand geklaubt und versucht, sich damit ein Auge auszustechen. Dass Opa weiterhin mit den Knien wippt, unterstützt ihr Vorhaben.

Thea nimmt ihr die Gabel weg, und Tinchen brüllt. In Sekundenschnelle ist Theas Glück getrübt. Wenn das eigene Kind brüllt, ist das natürlich nie ein Grund zur Freude, aber für Thea ist es besonders schmerzlich. Immer ist sie daran schuld, wenn ihr Kind unglücklich ist. Es ist zum Verzweifeln.

Thea gehört zu den Müttern, die die Latte ihrer Mutterschaft derart hoch gelegt haben, dass sie kaum heranreichen können. Wenn Tinchen brüllt, bestätigt das augenblicklich ihre Befürchtung, keine gute Mutter zu sein.

Opa scheint es nicht zu stören, dass sein Enkelkind eine Rabenmutter zur Mutter hat. Er hoppelt mit den Knien, bis Tinchen wieder lacht, übergibt sie dann aber mit den Worten »Nun ist aber gut« an die Rabenmutter, weil sie ihm mit ihren kleinen Händchen im Übermut allzu fest in die Wange gekniffen hat.

Tinchen brüllt.

Thea rinnen zwei Tränen übers Gesicht. Mein Gott, wie fühlt sie sich überfordert mit diesem Kind. Nichts macht sie richtig. Bei allen anderen ist Tinchen fröhlich und lacht, aber kaum ist sie auf dem mütterlichen Schoß, brüllt sie los. Das macht Thea richtig fertig. Mit Thorsten kann sie nicht darüber reden. Der lacht nur.

»Die Kleine brüllt eben gerne«, sagt er dann, hebt sie hoch, brummt wie ein Bär: »Gleich fress ich dich«, und kitzelt sie mit seinen Bartstoppeln, bis sie wieder lacht. »Meine Schüler sind genauso«, sagt er. »Meckern und zetern und wollen ihren Willen durchsetzen. Gar nicht drum kümmern, sag ich dir. Das ist das Beste.«

Von Thorsten ist also augenscheinlich kein Verständnis für ihre mütterlichen Depressionen zu erwarten. Und von seiner Mutter, ihrer Schwiegermutter, auch nicht.

»Meine Güte, was machst du für ein Gewese um das eine Kind. Ich hatte damals zwei kleine Kinder, noch dazu Jungens. Die sind ja sowieso immer schwieriger als Mädchen. Und ich musste arbeiten. Ach, ihr jungen Frauen wisst gar nicht, wie gut ihr es heutzutage habt.«

So ein Satz schwingt lange nach.

Wie gut ist es für Thea, dass es Petra gibt, auch so eine junge Frau, die gar nicht weiß, wie gut sie es hat. Natürlich liegen zwischen Tinchen und dem Kind ihrer Schwägerin Welten. Phinchen ist selbstverständlich total anders, und die Probleme sind es auch. Aber man kann sich austauschen. Wenn sie nachmittags gemeinsam die Kinderwagen durch den Park schieben, reden sie über alles. Ganz viel über ihre Kinder, Kinderpflege im Besonderen und Erziehung im Allgemeinen, und über die Väter, die als Brüder ja auch so viel gemeinsam haben, und natürlich immer über Geld. Thea tut es unendlich gut, sich mal mit jemandem auszutauschen, noch dazu mit jemandem, der in dieselbe Familie eingeheiratet und auch ein kleines Kind hat.

Herr Hertling sieht, wie Thea die Tränen über die Wangen rollen, und ist ein wenig erschreckt. Was ist denn bloß los? Er kann weinende Menschen nicht gut ab. Wenn Kinder brüllen, nun ja, das ist meist nichts, was sich nicht mit einem Stückchen Schokolade aus der Welt schaffen ließe. Aber wenn Erwachsene weinen, fühlt er sich total hilflos.

Wer weiß, was passiert wäre, wenn Johanna damals, als die Sache mit Susanna herauskam, einfach nur verzweifelt losgeheult hätte. Sicher wäre er geblieben. Als aber stattdessen das Essgeschirr geflogen kam, ist er gegangen.

Ein richtig guter Mensch, unser Herr Hertling. Kann niemanden weinen sehen. Das ist mit einer der Gründe, warum er heute so viel für seine ehemalige Johanna tut. Inzwischen hat die nämlich gelernt, dass ein paar Tränen Wunder bewirken können.

Mit Tränen ist das so eine Sache. Manchmal fließen sie aus Trauer, manchmal eher aus Berechnung. Es ist nicht schön, wenn ich das so sagen muss, aber bei Tinchen scheint mir oft der zweite Grund zu überwiegen. Und manchmal fließen Tränen gar nicht. Dann sind sie natürlich besonders schwer zu erkennen. Weil man sie nicht sieht. Und in so einem Fall hat es Herr Hertling, dieser gute Mensch, natürlich besonders schwer. Weil er sie eben nicht gesehen hat, die Tränen seiner Söhne, als er ihre Mutter verließ. Weil sie eben nicht geflossen sind. Jungen weinen nicht, und Indianer kennen keinen Schmerz.

Aber die Tränen von Thea sieht er. »Kinder, habt ihr Sorgen?«, fragt er und legt seinem Sohn sanft die Hand aufs Knie. »Thorsten, brauchst du Geld? Kann ich helfen?«

»Nein, Papa«, sagt Thorsten und lacht. Dabei macht er fröhlich patsch-patsch auf die väterlich besorgte Hand. »Uns geht es gut, und Geld ist auch da. Nur Tinchen nervt eben manchmal ein bisschen.«

»Vielleicht nervt bei uns auch bald was«, sagt Herr Hertling. Schwups sind die Worte heraus und lassen sich nicht mehr einfangen. Überrascht sehen Thorsten und Thea ihn an. »Ist ja alles noch nicht spruchreif«, versucht er, die ganze Sache wieder einzufangen, doch dann geht die Freude mit ihm durch. »Stellt euch mal vor … wenn das wahr wäre … ach, Kinder … ach, wie schön.«

Thea verfrachtet das brüllende Tinchen ins Bett und holt Sektgläser. Das muss begossen werden, wenn der Opa noch mal Vater wird. Begeisterung, Sekt und das freudige Interesse von Sohn und Schwiegertochter lösen ihm die Zunge. Wenn so ein Kind da ist, muss natürlich manches anders werden. Vielleicht sollte er das Haus auf Susanna überschreiben. Kann ja immer mal was passieren, und dann steht sie mit dem Kind plötzlich vor dem Nichts. Wobei er allerdings ein wenig außer Acht lässt, dass so eine ministerialdirigentliche Witwenpension etwas mehr als nichts ist. Und ein eigenes Konto muss für sie her. Und die Wertpapiere wird er auf sie überschreiben.

Die Ideen, wie er für sie und das neue Kind vorsorgen will für den Fall, dass er mal nicht mehr ist, sprudeln nur so aus ihm heraus. Plötzlich stockt er. Das neue Kind und all diese Überlegungen knabbern natürlich an dem Erbe seiner alteingesessenen Kinder.

»Das macht euch doch nichts?«, fragt er erschrocken.

»Vater«, sagt Thorsten, »freu dich auf den kleinen Nachzügler und mach, was du für richtig hältst. Wir freuen uns, wenn du uns mal was zusteckst. Aber auf dein Erbe sind wir nicht scharf. Lebend gefällst du uns besser.«

Beschwingt kommt Herr Hertling nach Hause. Es war so nett bei Thorsten und Thea. Und mit Enkelchen auf dem Schoß ist Opa Hertling immer ein bisschen aus dem Häuschen vor Glück. Wenn er erst Vater ist, wird es nicht auszuhalten sein mit ihm.

Wenn …

Nein, nicht *wenn* …

Susanna war beim Arzt. Alles in Butter. Nennt man das wirklich so, wenn ein weiterer kleiner Hertling im Anmarsch ist? Ach, egal wie man es nennt, jedenfalls werden sie unerträgliche Eltern sein und das Kind furchtbar verziehen. Das Kleine wird ihnen auf der Nase herumtanzen, dass es nur so eine Art hat.

Glücklich wirft Susanna sich ihrem Mann an den Hals und vergisst völlig, dass ein gewisser Herr Schmidt angerufen hat und ihn unbedingt sprechen will.

***

»Susanna ist vielleicht schwanger«, sagt Thea.

Diese im Grunde doch recht brisante Nachricht trifft auf stocktaube Ohren. Petra hat alle Hände voll zu tun, Brot in kleine Stücke zu reißen und gleichzeitig Phinchen vor dem sicheren Tod zu bewahren. Denn der dräut von allen Seiten. Das Kind ist vor Aufregung gänzlich außer sich, wedelt mit den Armen, kippelt gefährlich auf ihren noch ungeübten Beinen und stößt gleichzeitig Laute höchsten Entzückens und tiefsten Entsetzens aus. Dabei streckt sie, ohne ihre Mutter eines Blickes zu würdigen, in regelmäßigen Abständen einen Arm in die Luft, grapscht sich ein Stück Brot aus der mütterlichen Hand und knallt es den Enten vor den Latz.

Anders kann man es wirklich nicht nennen. Von gezielten Würfen keine Spur. Und den Latz einer Ente, wo immer man ihn auch vermuten mag, trifft sie nur höchst selten. Wegen Phinchens Wurfungenauigkeit sind die Enten ähnlich aufgeregt wie sie. Mal müssen sie ins Wasser sprinten, um sich auf den Brocken zu stürzen, dann wieder landet ein Stück dicht vor Phinchens Füßen, was einen beschleunigten Landgang erfordert.

Phinchen wogt mit der Entenschar mit, will sich bald Hals über Kopf in die tödlichen Fluten stürzen, um im nächsten Augenblick vor den blutrünstigen Enten die Flucht zu ergreifen. Petra hat sie fest am Schlafittchen gepackt, ist aber in ständiger Angst, ihr Kind könne sich ihrer Obhut entwinden und zum letalen Sprung ansetzen. Besonders, wenn Petra beide Hände braucht, um den Brotnachschub zu sichern, ist die Gelegenheit dafür günstig.

Auch Tinchen ist ganz hin und weg. Sie ist in ihren Buggy gefesselt und kann das Geschehen daher nur passiv verfolgen, ist aber mit Herz und Seele dabei, kräht, was das Zeug hält, und strampelt mit allem, was sie hat.

Da Tinchen auf Nummer sicher ist, könnte sich Thea dem eigentlichen Zweck des Spaziergangs widmen, nämlich der kommunikativen Seite. Aber Petras Ohren sind wie gesagt im Augenblick anderweitig beschäftigt. Erst als alles Brot geworfen und das erschöpfte Phinchen im Kinderwagen fest vertäut ist, kann Thea erneut ansetzen.

»Susanna ist vielleicht schwanger«, sagt sie.

»Ach«, sagt Petra. »Doch noch. Auf den letzten Metern quasi.«

»Hans-Hermann ist natürlich total aus dem Häuschen vor Glück«, sagt Thea.

»Kann ich mir denken.«

Petra nickt und streicht Phinchen liebevoll die verschwitzten Haare aus dem Gesicht. Thea sieht Petra ein wenig pikiert an. So viel Gelassenheit angesichts dieser Botschaft hätte sie nicht erwartet. Da kann sie mit einem Superknaller aufwarten, und die verschwägerte Freundin lässt sie kalt abblitzen und demonstriert Mutterglück.

»Er überlegt sogar, ob er nicht sein Haus auf sie überschreiben soll«, legt sie nach.

Und siehst du, das hätte sie vielleicht nicht tun sollen. Bei allem Verständnis für ihre postnatalen Depressionen, die sie vor allem durch die vielen Gespräche mit Petra über Kinder, Männer und Familie in den Griff kriegt. Aber das geht zu weit, grenzt an Indiskretion.

Während die bisherigen Informationen im Grunde nur an Petras Trommelfell abgeprallt sind, findet diese Tatsache nun doch endlich Zugang zu ihrem Gehirn und wird dort verarbeitet.

Und zwar in einer Weise, die Thea bestimmt nicht beabsichtigt hat.

***

»Susanna ist schwanger«, sagt Petra.

»Oh Gott«, sagt Patrick.

Das passiert Männern schon mal, wenn sie nächtelang ihr Kind durch die Wohnung tragen müssen, ihre Ohren schon ganz wund sind von dem kindlichen Gelärme und die Hoffnung auf einen entspannt-geruhsamen Fernsehabend in weite Ferne gerückt ist. Dann reagieren sie auf die Botschaft, dass auch einem anderen Mann diese väterlichen Freuden bevorstehen, im ersten Moment mit einem entsetzten »Oh Gott«.

»Das kannst du laut sagen«, versteht Petra Patricks Kommentar miss. »Oh Gott!« Sowohl das »Oh« als auch das »Gott« unterlegt sie mit besonderer Betonung. »Dein Vater will Susanna das Haus und das Wertpapier-Depot überschreiben. Und ein eigenes Konto hat er ihr auch schon eingerichtet, auf das ab jetzt sein Gehalt fließt. Wenn wir mal Geld brauchen, wird dein Vater seine Hosentaschen auf links zieh'n. Nix drin. Da kannst du dann bei Susanna schön bitte, bitte machen.«

Ich weiß nicht, ob du das Spiel »Stille Post« kennst, bei dem ein Satz von Mund zu Ohr flüsternd weitergereicht wird, bis das Ganze am Ende nichts mehr mit dem zu tun hat, was mal losgeschickt wurde. Das ist dann immer sehr lustig, und alle haben ihren Spaß.

Im richtigen Leben werden solche Spiele natürlich auch gespielt, wobei dann noch eine gewisse psychologische Komponente hinzukommt. Ein Mensch hört nicht nur das, was gesagt wird, sondern auch das, was er dabei denkt.

Und Petra hat viel gedacht und flugs zu einem Häuschen in Heikendorf, das im Grunde weder sie noch Patrick etwas angeht – es ist schließlich nicht das Elternhaus –, noch jede Menge hinzugedichtet. Die eher spielerischen Überlegungen eines überglücklichen und damit beinah nicht zurechnungsfähigen, zukünftigen neuerlichen Vaters haben bei ihr einen reichen Nährboden vorgefunden. Auf dem Weg vom Schrevenpark nach Hause ist die Saat aufgegangen. Jetzt hat sie ihrem Mann das Ganze ins Ohr geträufelt wie weiland Claudius das Gift dem König Hamlet.

Ich weiß nicht, ob sie das mit Absicht gemacht hat. Vielleicht nicht. Aber ein wenig fahrlässig ist es auf jeden Fall gewesen, denn sie hat damit Patrick an seinem wundesten Punkt getroffen.

Nie hat er verwunden, dass sein Vater damals die Familie verließ und obendrein noch für eine Frau, die dem Alter nach seine Schwester hätte sein können. Auch wenn er es nie zugegeben hat: Er hätte seinen Vater damals gebraucht. Und zwar nicht nur so, wie alle Halbwüchsigen ihre Väter auf dem Weg ins Erwachsenenleben brauchen: als Stütze bei den üblichen Kümmernissen und als Wetzstein, an dem sie sich reiben und damit die Eltern zur Weißglut bringen können. Er brauchte seinen Vater auch als Puffer vor den Übergriffen seiner Mutter.

Nein, nein, nicht, was du jetzt denkst. Also sexuell oder so. Gott bewahre. Aber alle Dinge, die gleich danach kommen und die normalerweise der Ehemann abdecken muss, wurden nun von ihm erwartet. Frau Hertling war zutiefst verletzt, als ihr Mann sie für eine wesentlich Jüngere verließ. Jetzt musste Patrick der Spiegel sein, in dem sie sich weiterhin als Frau sehen konnte.

Einerseits hat ihm das gefallen. War so ein bisschen wie in den alten Filmen, in denen der Mann in den Krieg zieht und seinem kleinen Sohn die väterliche Hand auf die Schulter drückt: »Kümmere dich um Mami, du bist jetzt der Mann im Haus.« Aus welchem Auge sind damals nicht die Tränen der Rührung geflossen? Andererseits wurde ihm aber auch eine Last aufgebürdet, denn Mamis, die man beschützen muss, eignen sich nicht als Wetzstein. Statt sich abnabeln zu können, wurde er ihr Kavalier.

Du meine Güte, wenn es nichts Schlimmeres ist, sagst du jetzt vielleicht. Das ist doch nun wirklich kein Drama. Wie ein Kavalier sollte sich doch eigentlich jeder Junge seiner Mutter gegenüber benehmen. Ja. Stimmt. Aber nicht immer. Und nicht derart stark von der Mutter eingefordert, wie Frau Hertling es tat. Und das weinerliche Timbre in der mütterlichen Stimme, wenn er doch mal aus der ihm zugeteilten Rolle fiel.

Ja, alles nicht leicht für solch einen Sohn. Und über die Begeisterung potenzieller Schwiegertöchter will ich gar nicht reden. Muttersöhnchen war noch das Harmloseste, das ihnen dazu einfiel.

Thorsten hatte es einfacher. Er war zwar schon genauso groß wie der Bruder, als der Vater von dannen zog, aber zwei Jahre jünger und damit der Kleine. Er war mehr fürs Handwerkliche zuständig, musste ran, wenn es was zu schrauben, zu dübeln oder zu hämmern gab, was er klaglos und unbeschadet überstand.

Während er auch über die Scheidung und Neuverheiratung hinaus seinem Vater als Sohn treu bleiben konnte, kapselte sich Patrick vom Vater ab. Anders als Thorsten musste er zwischen den Eltern wählen, und wen wundert es, dass er sich ganz auf die Seite der Mutter zu schlagen hatte.

Nur wenn er knapp bei Kasse ist, darf der Vater ihn unterstützen. Ganz selbstverständlich nimmt er Geld vom Vater, hat dabei beinah so ein bisschen das Gefühl, es stehe ihm zu. Schließlich hat er ihn verraten, damals. Im Stich gelassen hat er ihn.

Das Geld nimmt er also, doch zu seiner Hochzeit musste er deshalb noch lange nicht kommen. Fand er. Alle waren sie da, sogar Frau Hertling. Also die alte – oh, Pardon – die ehemalige – auch falsch – die frühere Frau Hertling. Die neue Frau Hertling war natürlich sowieso da, sie war ja die Hauptperson.

Es gibt in Kiel manch schönes Etablissement, in dem man zur Hochzeitsfeier laden kann. Aber der Knaller ist eine Hochzeit im Leuchtturm Kiel-Holtenau. Das hat was. Nur Standesamt, ohne kirchliches Gedöns und trotzdem die Braut in Weiß und das Ganze in festlichem Rahmen. Die Veranstalter schleppen Gestühl und Heiratsaltar in den Leuchtturm, stellen Blumen auf und zünden Kerzlein an, und dann wird getraut. Nach Dienstschluss. Also nach Dienstschluss des Standesbeamten, der mit Stempel, Urkunde und was man sonst noch alles braucht, anrückt, um die Sache auch nach Feierabend noch rechtskräftig zu machen. Das hat natürlich seinen Preis. Ist nichts für Arme. Aber was soll's, man heiratet schließlich nur einmal.

Na ja, theoretisch zumindest.

Also im Grunde eine total super Sache. Natürlich mehr was für den Sommer. Also praktisch nie – in Schleswig-Holstein.

Doch Herr Hertling hat es geschafft, bei helllichtem Sonnenschein die schönste Frau der nördlichen Hemisphäre über diesen Leuchtturm in den Hafen der Ehe zu lotsen. Er im schwarzen Anzug – ein Traum, sag ich dir. Sie ganz in Weiß mit einem Blumenstrauß – selbstverständlich auch ein Traum. Und das Wetter ein einziger Traum.

Ein kleiner Wermutstropfen war die Abwesenheit des Ältesten. Und die Anwesenheit der Ehemaligen. Natürlich hat er Johanna eingeladen. Er weiß, wie sehr sie große Festivitäten schätzt. Als Susanna beteuerte, sie habe wirklich ganz bestimmt total überhaupt nicht das Geringste dagegen, lud er sie ein.

Weil er seiner früheren Frau gegenüber ein schlechtes Gewissen hat.

Man sagt zwar, ein gutes Gewissen sei ein sanftes Ruhekissen. Doch auch ein schlechtes Gewissen hat seine Vorzüge. Betrachten wir den Fall Hertling: Der verheiratete Hertling verguckt sich in ein über zwanzig Jahre jüngeres, hübsches Mädchen. So was passiert dauernd, dazu muss man nicht Hertling heißen, da reicht schon Schulz oder Meyer. Meist gibt sich das wieder und hinterlässt allenfalls ein paar wütende Tränen bei der Angetrauten.

Bei Hertling allerdings gab es sich nicht wieder. Er verlässt seine Familie und heiratet erneut. Da gibt es sicherlich Leute, die sagen: Recht so! Man hat nur das eine Leben. Außerdem hat ihn seine Frau auch ohne diese neue Liebe manchmal gehörig genervt, und die Kinder sind sowieso aus dem Gröbsten raus.

Es gibt natürlich auch Leute, die sagen: So ein Arschloch.

Zu denen gehört Herr Hertling. Erstaunlich, nicht wahr? Er verachtet solche Leute und tut es selber.

Aber mit schlechtem Gewissen.

Ja, siehst du, das ist nämlich das Schöne an einem schlechten Gewissen. Man kann etwas, das man eigentlich verachtet, tun und muss sich trotzdem nicht wie ein Schwein vorkommen, denn man hat ja das schlechte Gewissen.

Patrick nutzt das väterliche schlechte Gewissen für finanzielle Zuwendungen, ansonsten pfeift er drauf beziehungsweise hält es am Laufen und dokumentiert immer, wenn sich die Gelegenheit bietet, was er von seinem Vater hält. Und welche Gelegenheit wäre dafür besser geeignet als dessen Hochzeit?

Außerdem war das Opfer, das er dafür bringen musste, gering, denn Festivitäten mit Leuten, die dem Alter nach seine Eltern sein könnten, sind nicht so sehr nach seinem Geschmack. Das halbe Ministerium samt Ministerin war angerückt und bildete eine Traube um den Leuchtturm, denn im Leuchtturm selbst ist nur für zehn Leute Platz. Eigentlich hätte Herr Hertling sich verpflichtet gefühlt, für die Ministerin seinen Platz im Leuchtturm zu räumen.

Er hat es sich zur Aufgabe gemacht, für seine Ministerin immer nur das Beste zu organisieren. Wer weiß, wozu es einmal gut ist. Aber in diesem Fall ging das schlecht.

Überflüssig zu sagen, dass natürlich auch Frau Kleinheim, dieser Schatz von einer Sekretärin, geladen war.

Eine brisante Mischung also, die da zur Hochzeit zusammenkam. Familienfeiern sind ja per se schon so, dass man glaubt, man sitzt auf einem Pulverfass, und ringsum spielen die Leute mit Streichhölzern. Aber wenn dann noch die Chefin und die Ehemalige der Hochzeit mit der Neuen beiwohnen, sind Seiltänzerqualitäten gefragt. Gut, dass Frau Kleinheim, die er nur einmal hilfesuchend anzuschauen brauchte, sofort verstand und mit viel Geschick jedes kleine Flämmchen schon im Keim erstickte.

Sie sind wirklich ein gutes Team, die beiden.

***

»Wo haben Sie denn wieder gesteckt?«, fragt Frau Kleinheim etwas atemlos.

Herr Hertling und sie sind gleichzeitg im Bürogebäude des Ministeriums angekommen, was höchst selten der Fall ist. Normalerweise sitzt sie schon lange hinter ihrem Schreibtisch und tippt, wenn er erscheint. Doch in letzter Zeit ist sie oft anderweitig beschäftigt und kommt wie ihr Chef manchmal erst gegen zehn.

Jetzt hat sie es noch gerade geschafft, zu ihm in den Paternoster zu springen, um mit ihm nach oben zu fahren.

»Gestern hat mal wieder die Luft gebrannt. Der Staatssekretär wollte natürlich auch was von Ihnen. Und Sie mal wieder nicht da. Und ich keine Ahnung, wo Sie sind!« Ein wenig empört sieht sie ihn an.

Derweil sind sie im vierten Stock angekommen und müssen raus. Natürlich lässt Frau Kleinheim ihrem Chef den Vortritt. Und natürlich ist Herr Hertling Kavalier genug,

Frau Kleinheim den Vortritt zu lassen. Ganz ungut in einem Paternoster. Es hilft nichts, sie müssen oben eine Schleife drehen. Nun gibt es Menschen, die glauben, dass die Kabine oben dreht und danach kopfüber nach unten fährt. Zu denen gehört Frau Kleinheim nicht. Trotzdem hat sie es bisher immer vermieden, oben durchzudrehen – eben aus Angst davor, durchzudrehen.

Auch jetzt klopft ihr Herz bis zum Hals, während sie sich dem Wendepunkt nähern. Herr Hertling sieht ihr ängstliches Gesicht.

»Nur keine Panik«, sagt er sanft und streicht ihr freundschaftlich über den Rücken. »Da haben wir zwei beide doch weiß Gott schon ganz andere Probleme gemeistert.«

Ganz benommen ist sie und kann nur stumm nicken, während sie am Wendepunkt durchdrehen.

Wieder nähern sie sich dem vierten Stock, diesmal von oben. Jetzt schert sich Herr Hertling nicht mehr ums Kavaliersmäßige, sondern springt einfach raus. Frau Kleinheim, immer noch reichlich verwirrt, springt hinterher, kommt ins Trudeln, und wer weiß, was alles passiert wäre, wenn Herr Hertling sie nicht aufgefangen hätte.

Paternoster sind eben nicht ungefährlich. Deshalb sieht sich das Gebäudemanagement Schleswig-Holstein, das GMSH, seit 2004 außerstande, weiterhin die Verantwortung für diesen bedrohlichen Zeitgenossen zu übernehmen. Früher, als er noch Proletenbagger hieß, war er ungefährlicher, zumindest in den Augen des GMSH. Denn wer was auf sich hielt, nahm damals den Bonzenheber. Doch jetzt ist der Paternoster zum Beamtenbagger geworden. Da ist das was anderes. So ein Beamter kann teuer werden, wenn er einen Kratzer abkriegt. Für die »Vaterunser« im Landes- und im Rathaus hieß es daraufhin: Schluss mit lustig. Aus die Maus. Eintritt nur noch mit gesetzlich anerkanntem Paternoster-Führerschein. Nur der Dritte im Bunde, der Paternoster im Bildungsministerium, blieb unbehelligt. Eigentlich unverantwortlich. Denn im Nachhinein betrachtet war der vielleicht der gefährlichste von allen.

Als sie im Büro ankommen, hat Frau Kleinheim sich nach Durchdrehen und Faststurz wieder so weit im Griff, dass sie dem Herrn Ministerialdirigenten einzeln und nacheinander Bericht erstatten kann, was gestern Nachmittag so alles in seiner Abwesenheit passiert ist.

»Und, was haben Sie gesagt – besonders dem Staatssekretär?«

»Na, was schon? Ich hab Ihren Zahn noch ein wenig in die Länge gezogen.«

Herr Hertling lächelt. »Frau Kleinheim, Sie sind wirklich ein wahrer Goldschatz. Wenn ich nicht schon verheiratet wäre …«

»Ach ja, Ihre Frau hat auch angerufen.«

Er nickt. »Sie wollte mir sicherlich sagen, dass sie tatsächlich schwanger ist. Wir bekommen nämlich ein Kind«, sagt er ernst.

»Nein, nein«, stammelt sie verstört. »Nicht Ihre jetzige Frau. Ihre ehemalige hat angerufen.« Dann macht sie, dass sie aus dem Zimmer kommt, und wetzt aufs Klo, der einzige Ort, wo man als Sekretärin in Ruhe nachdenken kann – wenn man Glück hat. Frau Kleinheim hat Glück, und das ist gut so, denn sie hat viel nachzudenken.

***

Das Beste an Kiel ist die Autobahn nach Hamburg. Behaupten zumindest manche Leute. Gemein, so was. Außerdem stimmt es nicht. Besonders jetzt nicht, wo die A 7 eine einzige Baustelle ist. Und zwar für geplante vierhundert Jahre. Ungefähr. Da kann sich sowohl die Fahrt von Kiel nach Hamburg als auch die umgekehrte Richtung mächtig in die Länge ziehen.

Trotzdem ist es schon schön, wenn du in Hamburg aus

dem Flieger steigst (ist schon lange kein Flugzeug mehr) und gleich rein in den Kielius. Kostenpunkt zwanzig Euro. Der Fahrer wuchtet dir sogar den Koffer in die Kofferklappe vom Bus und wuchtet ihn dir in Kiel am ZOB wieder raus. Natürlich ist so ein Bus nicht der schnellste, aber dank der Großbaustelle oder, besser gesagt, Langbaustelle sind alle anderen auch nicht schneller. Allerdings legen die nicht wie er in Neumünster noch einen Stopp ein.

Du kannst natürlich statt mit dem Kielius mit dem KielExx fahren. Der steht auch am Hamburg Airport bereit (schon lange nicht mehr in Hamburg am Flughafen, nur noch HH Airport). Kostet bummelig dreißig Euro, ist ein flottes Großraumtaxi, der Fahrer wuchtet auch mit deinen Koffern herum, darf aber dank der Baustellen auch nur achtzig fahren, lohnt sich also zeitlich kaum, obwohl er den Schlenker über den ZOB Neumünster weglässt.

Frau Hertling weiß das alles, denn die Baustellen wird es nicht nur Hunderte von Jahren noch geben, es gab sie selbstverständlich auch schon, als sie vor zwei Wochen losgefahren ist. Sie steigt in den Kielius.

Während der Fahrt hat sie genügend Zeit, sich noch mal in aller Ruhe die SMS anzusehen, die inzwischen auf ihrem iPhone aufgelaufen sind. Nicht, dass sie während ihres Urlaubs nicht ihre SMS und Anrufe in Abwesenheit gecheckt hätte. Täglich sogar. Mehrfach. Aber es ist einfach schön, jetzt die Gesamtausbeute zu betrachten. Siebzehn Stück allein von Patrick. Alle so in dem Tenor: Wo bist du, wo bleibst du, was machst du, bin in Sorge. Der gute Junge! Von Thorsten natürlich überhaupt nichts. Typisch. Der kümmert sich ja wohl einen Dreck um seine Mutter.

Selbst ihr Mann hat zwei SMS losgeschickt, obwohl die ihm immer so schwerfallen. Er kann mit dem neumodischen Kram nur schwer umgehen. Ob ihm Susanna dabei geholfen hat? Wohl kaum. Hans-Hermann versucht, die Kontakte vor ihr geheim zu halten. Hat sich halt immer noch nicht dran gewöhnen können, dass sie nur die ehemalige Ehefrau ist.

Eine SMS ist von Thea. Wenigstens das. Da wird Thorsten wohl seine Frau angetriggert haben. Alles in allem scheint es sich gelohnt zu haben, mal unterzutauchen und alle Versuche einer Kontaktaufnahme unbeantwortet zu lassen. Da sehen die alle mal, was sie an ihr haben!

Sie bringt den Koffer ins Schließfach und steigt in den Bus nach Gaarden.

Frau Hertling hat drei Schwiegertöchter. Nicht schlecht, wenn man bedenkt, dass sie nur zwei Söhne hat. Eine mehr, als ihr von Rechts wegen zustehen. Denn nur, weil ein Sohn sich scheiden lässt, ist ja nicht automatisch die Schwiegertochter futsch. Sie hat den Kontakt immer aufrechterhalten. Schließlich ist Pamela die Mutter ihrer ersten Enkeltochter. Sie mag die beiden, bewundert Pamela beinah ein wenig, wie die ihr neues Leben als alleinerziehende Mutter meistert. Alles nicht leicht, wo sie doch von ihrem Exmann finanziell so knappgehalten wird. Na, Patrick hat ja selbst nicht viel. Seine Druckerei läuft wohl nur mäßig.

Frau Hertling klingelt und wird mit einem Freudenschrei von Patricia empfangen. Pamela hat sich eigentlich vorgenommen, an diesem Nachmittag mit ihrer Tochter zur Forstbaumschule zu fahren. Patricia kommt demnächst in die Schule, dann ist das schöne Leben vorbei. Da sollte sie ihre Freiheit noch mal richtig genießen. Die Forstbaumschule ist ein Park mit Gastronomie. Da ist immer was los. Das Kind amüsiert sich, klettert mit den anderen Kindern den verwachsenen Baum rauf und runter, während Mutti gemütlich konditort und nur ein Taschentuch bereithalten muss, um die Tränen nach kleineren Stürzen zu trocknen.

Daraus wird nun wohl nichts. Pamela setzt Teewasser auf.

Natürlich hat die Oma ihrer Enkeltochter etwas mitgebracht. Sie bringt immer etwas mit, wenn sie in Urlaub war. Wenn sie nicht in Urlaub war, *natürlich* auch. Sie bringt überhaupt immer was mit, wie sich das für Großmütter gehört. Meist Kleinigkeiten, liebevoll und mit Geschmack ausgesucht. Aber eben nur ein Mitbringsel, wie der Name schon sagt.

Ein Zwanzig-Euro-Schein wäre auch willkommen, besonders bei Pamela, die immer knapp ist, und bei der Oma träfe es keinen Armen, aber Geld findet Frau Hertling zu unpersönlich. Geld verschenken macht so gar keinen Spaß. Da kann man nicht über die Märkte schlendern, die vielen fremdartigen Auslagen in fremden Ländern erforschen oder in Kiel durch die Holstenstraße von Schaufenster zu Schaufenster bummeln und vielleicht bei einem der vielen fliegenden Händler eine süße Kleinigkeit ergattern.

Stattdessen öffnet man das Portemonnaie und rupft einen Schein aus dem Seitenfach. Bitte schön, mein Kind, da hast du. Na, wie uncool ist das denn? Nein, so eine ist Frau Hertling nicht. Pamela seufzt. Da kann man nichts machen.

Patricia bestaunt im Spiegel sich und die neue Halskette mit den vielen bunten Perlen, die Frau Hertling aus Antalya mitgebracht hat, während die beiden Frauen am Esstisch sitzen und Tee trinken.

»Und, was war hier so los?«, fragt Frau Hertling, nachdem sie ausgiebig von ihrem Urlaub berichtet hat.

»Nichts«, sagt Pamela. »Ich wusste nicht mal, dass du in Urlaub gefahren bist. Hab zu Patrick ja nur noch über Patricia Kontakt. Ich weiß allerdings nicht, ob ich das noch lange mitmache. Wenn Patricia ihr Sorgerechtswochenende bei Patt und Petra absolviert hat, ist sie danach immer völlig durch den Wind.«

Frau Hertling schweigt. Sie will das gar nicht so genau wissen. Wahrscheinlich kümmert sich Patrick nicht wirklich gut um seine große Tochter, besonders jetzt, wo die Kleine da ist. Und Petra wird vielleicht auch nicht gerade nett zu Patricia sein. Ist ja auch immer so ein bisschen blöd, wenn die Tochter aus erster Ehe alle vier Wochen als

Logierbesuch zum Wochenende hereinschneit. Besonders jetzt, wo die Kleine da ist.

Pamela will gerade weitererzählen, doch dann lässt sie es doch lieber bleiben. War ja auch wirklich kein Ruhmesblatt für sie, was sie sich da geleistet hat. Aber sie war so wütend gewesen, als Patricia heulend von ihrem Wochenendbesuch zurückgekommen ist.

»Papa hat mich verhauen und Petra hat mir den Stinkefinger gezeigt.«

Gleich am nächsten Tag hat sie bei der erstbesten Gelegenheit ihren Posten am Empfangstresen verlassen, ist in die Pathologie gestiefelt und hat auch gleich was Passendes gefunden. Peinlich geradezu, nachträglich betrachtet. Und dann auch noch den Fingernagel rot anzumalen! Was für ein Kinderkram! Und dann auch noch das Ganze an Petra zu schicken: »Selber Stinkefinger!« Oberpeinlich! Nein, das sollte sie am besten ganz schnell vergessen.

Gut, dass sie von der ganzen Angelegenheit nichts mehr gehört hat. Vielleicht war das Päckchen auf der Post irgendwie verloren gegangen. Soll ja vorkommen. Aber wenn man's mal braucht, kommt es eigentlich garantiert nicht vor. Nun, sie hat nichts weiter davon gehört, und das ist gut so.

»Du, Mutter«, sagt Pamela und steht auf. Sie ist die Einzige, die »Mutter« zu ihr sagt. Die anderen Schwiegertöchter nennen sie Johanna. »Du, Mutter, ich müsste eigentlich dringend noch einkaufen gehen. Außerdem wusste ich ja nicht, dass du kommen wolltest.«

»Schade«, sagt Frau Hertling und bleibt sitzen, »ich hätte noch so viel zu erzählen. Weißt du, die Türkei ist so ein interessantes Land. Da kann man ...«

Pamela setzt sich wieder hin.

***

Frau Hertling schaut zur Uhr. »Es ist ja schon nach sieben«, sagt sie und ist beinah ein wenig entsetzt. »Ich wollte doch noch zu Patrick. Nun aber …« Sie springt auf.

»Jetzt solltest du aber wirklich noch ein bisschen bleiben«, sagt Pamela. »Patricia putzt sich sicher schon die Zähne. Dann kannst du ihr die Gute-Nacht-Geschichte vorlesen. Ich muss mich dringend um die Wäsche kümmern.« Aber Frau Hertling sucht schon nach ihrer Handtasche. »So gern ich wollte, aber ich muss los. Gib Patricia einen dicken Kuss von mir.«

Sie umarmt Pamela und ist zur Tür hinaus.

Zwanzig Minuten später steht sie bei Patrick auf der Matte, in der Hand das Geschenk für Phinchen. Phinchen kann mit Geschenken, die nicht nach Schokolade oder Bonbon schmecken, noch nicht so sehr viel anfangen. Aber beides ist tabu, denn dieses Zuckerzeug schadet den Zähnen, weshalb Petra derartige Geschenke nicht schätzt, obwohl Frau Hertling findet, dass Phinchen noch gar keine Zähne hat, denen man damit schaden könnte, und das auch schon gesagt hat.

Aus dem Geschenkpapier friemelt Phinchen eine kleine Holzgiraffe, die sie kurz anleckt und dann etwas enttäuscht fallen lässt. Aber das macht nichts. Die Giraffe ist nur eher indirekt für sie gedacht. Eigentlich ist sie ein Türöffner, eine Eintrittskarte sozusagen. Wer ein Geschenk vorbeibringt, ist immer willkommen. Da kann Petra gucken, wie sie will.

»Warum hast du denn so lange nichts von dir hören lassen?«, sagt Patrick. Sie sitzen im Wohnzimmer, während Petra in der Küche steht und Tee kocht. »Wir haben uns schon Sorgen gemacht.«

»Ach«, sagt Frau Hertling spitz, »das wurde bemerkt? Ich dachte, es ist euch ziemlich egal, wenn die Mutter mal weg ist.« Dabei steckt sie Phinchen heimlich ein Stück Schokolade in den Mund. Die Gelegenheit ist günstig, solange

Petra mit dem Tee beschäftigt ist. Ganz so günstig allerdings leider doch nicht, weil Petra gerade mit dem Tablett in der Tür steht und böse guckt.

»Mutter«, sagt Patrick streng, und Frau Hertling hat einen kurzen Moment die Befürchtung, dass auch er nicht will, dass sie seine Kleine mit Schokolade besticht. »Mutter! Bei aller Liebe …«

Oha, wenn Sätze mit »bei aller Liebe« anfangen, dann ist von Liebe oft nicht viel zu spüren. Jetzt wird er ihr die Schokolade aufs Butterbrot schmieren.

Aber nein, doch nicht. »Also bei aller Liebe, Mutter, du kannst doch nicht einfach wegfahren und zwei Wochen keine SMS beantworten und nicht rangehen, wenn ich anrufe, und überhaupt so tun, als ob die Erde dich verschluckt hat. Da denke ich ja sonst was!«

Gut, dass Petra gerade mit dem Tablett reinkommt. So erfährt auch sie, dass Patrick sich sonst was denkt, wenn er mal zwei Wochen nicht mit seiner Mutter sprechen kann. Auch Frau Hertling sieht, dass Petra Patricks Worte mitgekriegt hat.

»Na, jetzt bin ich ja wieder da«, sagt sie und streichelt ihm zärtlich die Hand. Auch das bleibt Petra nicht verborgen. Dann fängt sie an, von ihrem Urlaub zu erzählen.

»Dein Tee schmeckt wirklich wunderbar«, unterbricht sie ihren Bericht über das wundervolle Hotel mit dem wirklich ausgesucht zuvorkommenden Personal und reicht Petra die Tasse zum Nachschenken. »Beinah hätte ich eine Eroberung gemacht«, lacht sie. »Diese kleinen Türken sind wirklich zu ulkig. Wie der mit dem Schnurrbart immer um mich herumscharwenzelt ist! Ihr hättet euch gekringelt vor Lachen.« Dabei wackelt sie spaßhaft drohend mit dem Zeigefinger in Richtung Phinchen, die sich gerade von der Schokolade aus ihrer Handtasche bedienen will.

Damit wird Phinchen endgültig klar, dass sie nicht im Mittelpunkt steht. Sie klettert quengelnd auf den Schoß ihrer Mutter, um eine strategisch günstigere Position zu bekommen, und macht eindeutige Geräusche.

»Ach du meine Güte«, sagt Petra, »Schokolade bekommt ihr gar nicht.« Sie sprintet mit dem Kind aus dem Zimmer, um die Windel zu wechseln.

»Susanna ist schwanger«, sagt Patrick, als Mutter und Sohn allein sind.

»Oh Gott«, sagt Frau Hertling. Irgendwie verständlich, dass die Ehemalige nicht in Freudentaumel ausbricht, wenn der Ehemalige seinen zweiten Frühling auch noch mit einer neuen Vaterschaft krönt. Aber dass das erwartete Kind schon so viel Ablehnung erfährt, bevor es überhaupt richtig da ist, das ist doch recht traurig. »Dann müsst ihr später das Erbe durch drei teilen«, sagt Frau Hertling.

»Nein«, sagt Patrick. »So weit wird es nicht kommen, denn es wird nichts zum Teilen mehr da sein. Vater will alles auf Susanna überschreiben.«

Stille Post in Reinkultur! Da hat Herr Hertling mal ein wenig laut nachgedacht, und im Nu werden seine Gedanken in der Familie von einer Mücke zum Elefanten geadelt.

»Tja«, sagt Frau Hertling, »dann kannst du nur hoffen, dass Susanna sich noch vor der Geburt den Hals bricht.«

Das ist natürlich wahnsinnig geschmacklos, was sie da sagt, aber so ganz unrecht hat sie nicht. Denn mit dem Erben ist das so eine Sache. Erst mal muss natürlich einer sterben. Wenn Herr Hertling stirbt, kriegt seine Ehefrau, also Susanna, die eine Hälfte, und die Kinder teilen die andere Hälfte unter sich auf. Bei zwei Kindern wäre das ein Viertel des gesamten Vermögens, bei drei Kindern gibt es für jeden nur ein Sechstel. Die geschiedene Frau Hertling kriegt nichts. Das ist schmerzlich, aber schließlich heißt es ja nicht umsonst: Scheiden tut weh.

Sollte allerdings Susanna sterben, und zwar noch bevor das Kind geboren ist, würde das zwei Fliegen mit einer Klappe erschlagen, wenn ich das mal so pietätlos sagen darf.

Dann nämlich erben die beiden Söhne statt des kümmerlichen Sechstels jeder die Hälfte des Vermögens. Natürlich erst, wenn Herr Hertling das Zeitliche gesegnet hat, was zwar überaus traurig wäre, aber nicht unwahrscheinlich. Schließlich ist das hier ein Krimi, da kann man schon die eine oder andere Leiche erwarten.

Unnötig zu sagen, dass natürlich auch in diesem Fall Frau Hertling leer ausgeht.

Wenn Herr Hertling allerdings sein gesamtes Vermögen auf Susanna überschreibt, ist das für die ganze Erberei verhältnismäßig unerheblich. Er und Susanna haben Gütergemeinschaft vereinbart, und da ist es genauso, als ob Herr Hertling sich sein Geld von der rechten Tasche in die linke steckt. Für das Erben, wenn er stirbt, ist das unerheblich. Weiß zwar kaum einer, ist aber so.

Patrick weiß es übrigens auch nicht.

Nach ihren interessanten Äußerungen über Susanna und deren Hals merkt Frau Hertling, dass es schon recht spät geworden ist.

»Fahr mich nach Hause«, bittet sie ihren Sohn, »und lass uns vorher noch meinen Koffer aus dem Schließfach holen. Alles voller Schmutzwäsche. Muss ich dringend waschen. Und dann kannst du auch gleich mal nach dem Wasserhahn sehen. Da ist irgendwas nicht in Ordnung.«

»Wie schön«, sagt Petra, die das frisch gewickelte Kind auf dem Arm hat, »dann kann ich ja endlich mal Phinchen ganz allein ins Bett bringen.«

»Ja, mach das«, sagt Frau Hertling, ohne den spitzen Unterton zu beachten. »Das können wir Frauen sowieso besser als die Männer.«

Sie nimmt ihr Phinchen aus dem Arm, drückt der Kleinen ein Küsschen auf die Stirn, während sie ihr unauffällig ein letztes Stück Schokolade in den Mund schiebt, gibt der Mutter das Kind zurück und zieht ihren Sohn zur Tür hinaus.

VIER

Patrick parkt in zweiter Reihe vorm Hauptbahnhof. Als er endlich mit Frau Hertlings Koffer wieder am Auto ankommt, haben sich zwei Männer drohend davor aufgebaut und schimpfen wie die Rohrspatzen, weil sein Auto sie am Wegfahren hindert.

Er springt ins Auto und setzt zurück. »Meine Güte, Mutter, du hättest doch mal zwei Meter weiter fahren können, damit die aus der Parkbucht kommen. Wofür hab ich denn den Schlüssel stecken lassen?«

Frau Hertling hat sich tief im Beifahrersitz verkrochen und guckt total hilflos. »Ach Gott, Junge, ich wusste doch nicht …«

Patrick springt wieder aus dem Wagen raus, sammelt den Koffer ein, den er in der Eile erst mal zwischen den anderen parkenden Autos abgestellt hat, verstaut ihn im Kofferraum, und dann geht es los nach Suchsdorf.

Man fragt sich, warum Suchsdorf eigentlich Suchsdorf heißt, denn so sehr schwer zu finden ist es nun wirklich nicht. Man hat da eigentlich nicht wirklich was zu suchen, es sei denn vielleicht, weil man da wohnt. Aber ansonsten: Was soll man da? Da gibt es nichts, kein Restaurant, kein Kino, keine Kneipe außer vielleicht einem Dönerimbiss. Selbst der Kaufmannsladen hat dichtgemacht und ist an die Hauptverkehrsader ins Gewerbegebiet gezogen. Nicht mal ein Bäcker ist in Suchsdorf zu finden. Es gibt herrliche Fahrradwege, viel Grün, es liegt dicht am Kanal, eine Oase der Ruhe – aber wenn du mal was zu essen brauchen solltest, bist du aufgeschmissen.

Damit beantwortet sich die Frage nach der Namensgebung eigentlich von ganz allein: »Was? Ein Supermarkt? Ha, da kannst du lange suchen.« Es gibt natürlich auch

Leute, die behaupten, dass sich das Wort »Suchsdorf« von »Sukestorpe« ableitet und »Dorf des Suko« hieße. Aber das glaube ich nicht, denn nach einem Dorfbesitzer namens Suko kannst du auch lange suchen.

»Ich hab immer solche Angst, wenn ich in das dunkle, leere Haus zurückkomme«, sagt Frau Hertling etwas kläglich.

Ihr Sohn legt liebevoll den Arm um ihre Schultern, während er für sie die Haustür aufschließt.

»Musst du doch nicht«, sagt er beruhigend und knipst das Licht an.

Da hat er natürlich recht. Ein dunkles Haus ist um nichts gefährlicher als ein helles Haus. Und leer wäre es mir allemal lieber als voll mit Menschen, die da nicht hingehören. Menschen sind sowieso für andere Menschen das Gefährlichste überhaupt, wenn man mal von Löwen und Tigern oder so absieht. Aber vor Großkatzen kann man in Suchsdorf ziemlich sicher sein. Wenn du mich fragst: einer der ganz großen Vorzüge dieses Stadtteils. Und das, obwohl Suchsdorf ein eigenes Wildgehege hat. Aber so richtig wild sind die Mufflons, Schafe und Ponys eben doch nicht.

Ich möchte allerdings nicht wissen, wie viel Angst Frau Hertling bekäme, wenn sie wüsste, was sich während ihrer Abwesenheit in dem Haus alles abgespielt hat. Und was los wäre, wenn sie das Päckchen mit dem Finger geöffnet hätte, das möchte ich überhaupt gar nicht wissen.

So aber ist sie völlig unbedarft, sagt nur: »Sei doch so lieb und bring den Koffer hoch ins Schlafzimmer und sieh gleich mal nach dem Wasserhahn im Bad«, geht zum Sofa und legt mit wohligem Stöhnen die Füße hoch.

Als Patrick kurz vor Mitternacht wieder nach Hause kommt, ist Phinchen gerade eingeschlafen, und Petra hängt in den Seilen.

***

Jetzt, wo Frau Hertling wieder aufgetaucht ist, sollten wir uns endlich einmal näher mit ihr befassen. Bisher wissen wir ja eigentlich nicht viel mehr von ihr, als dass sie Großmutter ist. Aber nicht, dass du denkst, sie ist so eine mit Dutt und Strickstrumpf, die im Lehnstuhl darauf wartet, dass Räuber Hotzenplotz aus dem Gebüsch springt, um ihr die Kaffeemühle zu klauen. Sie ist eher so der Typ Iris Berben, total gepflegt mit goldbraun gefärbten Haaren, langen schlanken Beinen und traumhaften Finger- und Fußnägeln. Also, ich will jetzt nicht behaupten, dass die Oma von Räuber Hotzenplotz nicht gepflegt wäre. Aber wenn sie tatsächlich rot lackierte Fußnägel in ihren Schnürstiefelchen trüge, interessierte das niemanden mehr. Oder vielleicht sogar gerade, denn wer hätte schließlich gedacht, dass diese Oma sich die Zehennägel lackiert.

Ganz anders Frau Hertling mit ihren Flipflops, den engen Jeans und den flotten T-Shirts. Für die Fußnägel von so jemandem interessiert man sich sehr, und jeder sieht: von einer Großmutter Marke Hotzenplotz keine Spur. Ungeachtet möglicher Nierenprobleme trägt sie kurze T-Shirts ohne was drunter, sodass man ihre goldbraune, makellose Haut bewundern kann, wenn sie sich etwas reckt. So was holt man sich natürlich nicht in verregneten Sommern am Strand der Kieler Förde. Dazu muss man schon etwas weiter nach Süden, weshalb Frau Hertling jedes Jahr im Süden Urlaub macht – mehrfach.

Deshalb wundert sich auch niemand in der Kanzlei, in der sie vormittags den Schreibkram erledigt, wenn sie Urlaub einreicht. Dieses Mal hat man sich allenfalls gewundert, als sie sagte: »Erzählen Sie nichts, falls einer fragen sollte. Ich bin einfach nicht da.« Dann ab in den nächsten Flieger, und weg war sie.

Herrlich. Die vielen neuen Eindrücke, die fremdländischen Basare mit den vielfältigen Touri-Angeboten, wo sich immer die nettesten Mitbringsel für die lieben Kleinen daheim finden lassen. Die meiste Zeit aber einfach nur faul am Strand liegen und heruntergeladene Bücher auf dem sandresistenten Klapp-Tablet lesen.

Jawohl, Frau Hertling ist mit dem neuesten Equipment ausgestattet und voll integriert in die Schöne Neue Welt. Aber diese Welt ist nicht nur schön und neu, sondern auch überaus schnell und kurzlebig. Ihr erstes Handy war schon veraltet, bevor Patrick ihr all die schicken Features erklärt hatte. Postwendend machte es einem neuen Platz, das noch schickere Features hatte, die noch länger erklärt werden mussten. Und man kennt das ja. Mit einmaligem Erklären ist es nicht getan. Außerdem zeigen sich viele Erstaunlichkeiten erst nach und nach. Immer wieder ein Grund, jemanden zu bitten, mal vorbeizukommen. Und was ist naheliegender, als die Söhne zu bitten. Wenn man schon mal welche hat!

Früher war eine Großmutter so eine Art Immobilie, saß mit Hotzenplotz im Garten, trank Kaffee und war eine herrliche Einrichtung, wenn man mal seine Kinder loswerden wollte. Die waren bei ihr supergut aufgehoben, und man selber konnte endlich mal die Füße hochlegen, Omas traumhaften Pflaumenkuchen genießen, sich Kaffee nachschenken lassen und dann mit den Worten »Bleibt hier, Kinder, zum Abendbrot bin ich wieder da« einen wunderbaren, kinderlosen Nachmittag verbringen.

Heutzutage sind Omas kein Hort kaffeetrinkender Ruhe und Gemütlichkeit mehr. Großmütter haben Ansprüche. Dauernd ist was, wobei Hilfestellung benötigt wird. Von den Schrauben, die in die Wand gedübelt werden müssen, von Schränkchen, die aufgehängt, und Möbeln, die verrückt werden müssen, will ich gar nicht reden. Das wird ein Mal gemacht, und gut ist. Dafür ist man als Sohn schließlich zuständig, zumal wenn der Vater für so was nicht mehr zur Hand ist.

Aber dazu kommt ja noch der ganze Eierkram: Ei-Fon,

Ei-Pätt, Ei-Fernseher, Ei-Receiver und und und. Die ganze Palette. Und von nichts 'ne Ahnung. Warum auch? Wofür hat man schließlich Söhne. Das ist doch ein herrlicher Grund, die mal antanzen zu lassen.

Ja. So eine Großmutter ist Frau Hertling. Wenn du mich fragst: Das kommt alles vom Nagellack. Wenn Großmütter anfangen, sich die Fußnägel rot anzumalen, ist das der Anfang vom Ende.

***

»Lass mich endlich in Ruhe, du Hurenbock, sonst setzt es was«, liest Herr Hertling. Normalerweise dringt so was gar nicht bis zu ihm vor. Die Ministerien haben einen vorzüglichen Spam-Schutz. Muss ja auch so sein. Wo kämen wir denn da hin, wenn die Damen und Herren Ministerialen sich erst durch säckeweise Fragen kämpfen müssten, ob sie vielleicht einen Sofortkredit brauchten, der Freund von Egon Balder werden wollen oder Lust auf die flotte Susi haben und wie zufrieden sie mit der segensreichen Wirkung von Vitafit-Extra sind. Das wird alles weggefischt, bevor es auf einem beamteten Schreibtisch landet, damit man sich auf das Wesentliche konzentrieren kann. Sollte trotzdem noch was durchrutschen, dann gibt es immer noch das Vorzimmer. Wenn allerdings das Vorzimmer auf dem Klo sitzt und darüber brütet, was wohl die Worte des Chefs »Wenn ich nicht schon verheiratet wäre …« bedeuten, dann kann so ein »Hurenbock« schon mal durchschlüpfen.

Klick, klack, wutsch – die Mail fliegt in den virtuellen Papierkorb, so schnell kannst du gar nicht gucken. Ja, so ist das: Man gibt sich Mühe, macht und tut und feilt an einer Mail, die Ärger und Wut säen soll, und wie wird das gewürdigt? Überhaupt nicht, einfach so vom Tisch gefegt. Ich möchte wetten, Herr Hertling hat nicht einmal den Absender gelesen.

Stimmt, hat er auch nicht, ist aber trotzdem etwas ungehalten. Da haben die Systemadministratoren jede Menge Anstrengungen unternommen, den Filter in anderer Richtung zu verstärken, damit sich kein Minister mehr nackerte Jungs runterladen kann, haben aber den Eingangsfilter anscheinend total schleifen lassen.

Das Telefon klingelt. Sehr ungewöhnlich. Normalerweise nimmt doch Frau Kleinheim die Gespräche an und stellt erst durch, wenn er gesagt hat, dass er zu sprechen ist. Aber die ist nicht da. Ich fürchte, sie sitzt mal wieder auf dem Klo und knabbert an der Interpretation der Umarmung, zu der es im Paternoster beinah gekommen wäre.

Für Herrn Hertling steht mit diesem Klingelzeichen endgültig fest, dass alle Abschreckungsmechanismen, die die Regierung zum Schutz ihrer höheren Beamten vor dem direkten Zugriff des Wählers eingebaut hat, endgültig zum Erliegen gekommen sind und er nun selbst abschrecken muss.

»Ja«, brummt er schroff in den Hörer, damit der Wähler auch gleich merkt, wie sehr er stört.

»Schmidt«, sagt Herr Schmidt. Nun ist Schmidt kein Name, bei dem man auf Anhieb weiß, mit wem man es zu tun hat. Tausende von Wählern heißen Schmidt, sogar etliche Politiker heißen so. Der Alt-alt-alt-Bundeskanzler wird es aber wohl nicht sein, deshalb hält Herr Hertling ein ruppiges »Was wollen Sie?« für angebracht, was Herrn Schmidt ein wenig aus der Fassung bringt.

»Herr Hertling«, sagt Herr Schmidt, »Sie haben mir dreihundert Euro Vorschuss gegeben. Dafür können Sie erwarten, dass ich regelmäßig berichte.«

Ach, ja. Dreihundert Euro. Das war das Schlüsselwort. Nun ist er wieder im Film.

»Was macht der Finger?«

»Der Finger macht nichts mehr. Den hab ich erst mal auf Eis gelegt.«

»Aha. Soso.«

»Der Finger Ihrer Frau …« Hier macht Herr Schmidt eine kleine Pause, um die Dramatik zu erhöhen, das kann Herr Hertling für dreihundert Euro erwarten. »Der Finger Ihrer Frau ist nicht der Finger Ihrer Frau!«

»Wie schön.« Herr Hertling wippt mit seinem Hightech-Sessel, der das Land ein Vermögen gekostet hat. Aber immer noch billiger, als wenn er sich wegen Rücken von einer Kur zur nächsten schleppen würde.

»Und? Weiter?«

Ministerialdirigenten können schnell ungeduldig werden, wenn es nicht vorangeht. Deshalb gibt Herr Schmidt jetzt etwas Gas, versucht aber weiterhin, die Balance zwischen der relativen Dürftigkeit seiner bisherigen Recherche und dem dafür vergleichsweise stattlichen Vorschuss zu halten. Nach etlichen verbalen Wendungen hat er die Tatsache, dass die ehemalige Frau Gemahlin im Urlaub weilte, einigermaßen rübergebracht.

»Wie erfreulich. Dann ist ja alles in Ordnung.«

Nun scheint es Herrn Schmidt aber wirklich höchste Zeit, seinen Trumpf auszuspielen. »Seien Sie vorsichtig. Ihre Frau läuft mit einem Messer durch die Gegend und will Sie umbringen.«

Herr Schmidt hört abrupt auf zu wippen. Wie bitte? Letzten Monat hat er noch zwei Stunden damit zugebracht, ihre Waschmaschine wieder auf Vordermann zu bringen. Ständig muss er sich um ihren Vergaser, die Scheinwerfer oder die Lichtmaschine kümmern, und zum Dank dafür will sie ihn jetzt umbringen? Das ist doch nun wirklich mehr als albern. Niemals würde sie das tun. Schon deshalb nicht, weil er dann todsicher nie wieder ihre Waschmaschine reparieren würde.

Das hat man davon, wenn man drittklassige Detektive beauftragt.

»Wissen Sie was, Herr Schmidt«, sagt Herr Hertling, »da meine Exfrau sich nun wieder eingefunden hat, vergessen wir das Ganze. Die dreihundert Euro und den Finger können Sie behalten. Schönen Tag noch.« Klick. Herr Hertling hat aufgelegt.

Ein wenig verdutzt legt auch Herr Schmidt auf. So ähnlich muss Kassandra sich gefühlt haben. Da wartet man mit den größten Katastrophenmeldungen auf, und keiner glaubt, dass was dran ist. Wenn er allerdings in seinem tiefsten Innern ganz ehrlich zu sich ist, kann er es beinah selber kaum glauben.

Das wird sich erst ändern, als er zwei Tage später die Zeitung aufschlägt.

***

»Wo waren Sie denn?«, fragt Herr Hertling, als Frau Kleinheim den Kopf zur Tür hereinsteckt.

»Man wird doch wohl noch mal austreten dürfen«, antwortet sie beleidigt.

Er winkt ab. Ein bisschen viel Stuhlgang in letzter Zeit, das alte Mädchen.

»Wir müssen uns mal Gedanken machen, wie wir uns in dieser Sache mit dem Lehrer verhalten wollen, der da übergriffig geworden sein soll.« Wenn er »wir« sagt, ist natürlich klar, wer von ihnen beiden sich Gedanken machen soll. Da wird sie wieder in den Akten wühlen müssen, ob es nicht schon mal was Ähnliches gegeben hat und welche Gedanken man sich damals gemacht hat. »Ach, und noch was: Wenn ein Herr Schmidt anruft – ich bin nicht da. Halten Sie mir den Mann vom Hals.«

Als sie schon aus der Tür ist, ruft er ihr noch nach: »Und machen Sie mir eine Verbindung mit dem Schulz-Schnarrenberger vom UKU.«

Sie lächelt. Klar macht sie das. Sie telefoniert für ihr Leben gern. Manchmal telefoniert sie einfach nur so ein bisschen herum – sogar abends nach Dienstschluss. Schade, dass sie außer dem Chef so wenige Leute kennt. Sonst könnte sie Tag und Nacht an der Strippe hängen.

Nachdem sie den Schnarrenberger durchgestellt hat, begibt sie sich ins Archiv zwecks Wühlung in alten Akten. Wenn sie allerdings gewusst hätte, dass Herr Hertling von ihr als »altem Mädchen« gedacht hat, wäre sie vielleicht nicht so bereitwillig losgezogen. Denn das war wirklich nicht nett von ihm. Sie ist gerade mal ein Jahr älter als seine Susanna, und die wird ja nun wirklich niemand als alt bezeichnen. Aber im Vergleich zu Susanna, die im Winter in engen Jeans, Stiefeln und Pelzweste genauso top aussieht wie im Sommer in duftigen Kleidchen, wirkt Frau Kleinheim doch oft ein klein wenig trutschig.

Das muss ich leider zugeben.

***

Es gibt Dinge, die sind schwer zu ertragen. Deshalb lasse ich Herrn Hertling heute später als gewöhnlich nach Hause kommen.

Herr Hertling biegt daher erst gegen acht Uhr abends in die Straße zu seinem Haus ein und sieht das Aufgebot an Polizeifahrzeugen und Rettungswagen. Im Geist geht er die Nachbarn durch und überlegt, welcher wohl am ehesten warum für einen derartigen Polizeiauftrieb in Frage käme. Erst als vor seinem Haus kein Durchkommen mehr ist, wird seine langsam in ihm hochgestiegene Befürchtung zur Gewissheit: Es ist sein Haus, das da polizeilich belagert wird. Was ist geschehen? Mit zitternden Knien steigt er aus dem Wagen.

Jetzt wird dir klar, weshalb es gut ist, dass er heute so spät dran ist. Die Spurensicherung ist schon weitgehend mit ihrer Arbeit durch, und Susanna liegt vor dem direkten Anblick geschützt unter einer Decke. Aber auch so ist das alles noch schrecklich genug.

Hertlings Nachbar ist für dieses Polizeiaufgebot verantwortlich. Wie so oft hatte er auf dem Dachboden Posten bezogen und mit dem Fernglas Schiffchen geguckt. Bis spät in den Herbst ist die Förde voll davon. Die großen Pötte, die von der Ostsee durch den Kanal nach Hamburg wollen, ebenso wie die in der Gegenrichtung und natürlich – besonders spannend – die Fördedampfer, die die Segler vor sich herjagen. Eigentlich haben die Segler ja Vorfahrt, weil sie schlechter manövrieren können als ein Motorboot. Aber die Fördedampfer müssen im Gegensatz zu den Freizeitschippern ihren Zeitplan einhalten. Außerdem sind sie, wenn's drauf ankommt, die Stärkeren. Deshalb pochen die wenigsten Segler auf ihr Recht. Eigentlich gar keine. Aber man soll die Hoffnung nie aufgeben. Vielleicht passiert doch noch mal was.

Weil aber nichts passiert, wirft der Herr Nachbar auch immer mal wieder einen Blick in Nachbars Garten. Und da hat er sie dann gesehen, leicht verrenkt im Liegestuhl, blutverschmiert. Kann man durchs Fernglas alles prima erkennen, ehrlich gesagt deutlich deutlicher, als ihm in diesem Fall lieb gewesen sein wird.

Wenn solche Beobachtungen bei 110 gemeldet werden, kommt das große Besteck angerückt: Polizei, Krankenwagen, Spurensicherung und der Kommissar vom Dienst.

So ein Kriminalbeamter hat es nicht leicht. Erst mal sowieso. Ist schon eine Arbeit, die einen bis in die Träume verfolgen kann. Da brauche ich gar nichts weiter drüber zu erzählen. Aber dann kommt natürlich noch die Schwierigkeit hinzu: Wie sag ich's meinem Kinde beziehungsweise dem nächsten Angehörigen, in diesem Fall Herrn Ministerialdirigenten Hertling.

Da kann man nicht einfach anrufen und sagen: »Hier ist Schneider, Kriminalpolizei Kiel, kommen Sie mal schnell, Ihrer Frau ist was passiert.« Diesen Fehler hat er ganz am Anfang seiner Karriere einmal gemacht.

Nach so einem Anruf heizen mindestens achtzig Prozent der Angerufenen mit einem Affenzahn durch die Stadt. Rote Ampeln sind ihnen dabei total schnuppe. Die Fußgänger spritzen nur so rechts und links zur Seite. Und er, Schneider, Kriminalkommissar, hat dann den ganzen Ärger am Hals von wegen: »Der Schneider hat gesagt, ich soll schnell kommen.«

»Schauen Sie doch bei Gelegenheit mal vorbei, Ihrer Frau ist nicht ganz wohl«, geht natürlich auch nicht.

Deshalb hat er sich angewöhnt, gar nicht anzurufen. Allenfalls, dass er mal zwei Beamte vorbeischickt, die die Angehörigen persönlich abholen. Sollte er in diesem Fall aber vielleicht auch lieber sein lassen, denn das wirft nur eine Menge Fragen auf, wenn so ein Herr Ministerialdirigent von zwei Männern in Uniform abgeholt wird. Er wird die schreckliche Nachricht ohnehin noch früh genug erfahren.

Außerdem wäre es ganz sinnlos, denn Herr Hertling war sowieso nicht in seinem Büro, und Frau Kleinheim hätte mal wieder nicht gewusst, wo er ist. Niemand hätte es gewusst. Nur Tinchen. Er saß nämlich unter ihr und hoppelte mit den Knien. Und ihre Eltern wüssten es, denn sie saßen daneben.

Und du weißt es jetzt natürlich auch.

***

So ein Kommissar hat viel zu tun. Kennen wir zur Genüge alles aus dem Fernsehen. Da sind Personalien aufzunehmen, Nachbarn zu befragen, das ganze Pipapo. Und jetzt erscheint auch noch der Hausherr, schon reichlich nervös durch den ganzen Trubel vor seinem Haus und dem Zusammenbruch nahe, als er gefragt wird, ob er der Ehemann der Toten ist.

»Wissen Sie jemanden, der die Tat begangen haben könnte?«

Herr Hertling schüttelt den Kopf.

»Hatte Ihre Frau Feinde?«

Herr Hertling schüttelt den Kopf.

»Gäbe es in Ihrem familiären Umfeld einen Grund für diese Tat?«

Herr Hertling schüttelt den Kopf.

Na, dann eben nicht. Gerade will der Kommissar ihm ein Kärtchen in die Hand drücken und sich mit den Worten »Kommen Sie morgen um neun in mein Büro« endlich nach Hause begeben, da sieht er es: Der Herr Hertling schüttelt ständig den Kopf, auch wenn gar keine Fragen gestellt werden. Sitzt im Sessel im Wohnzimmer, schüttelt den Kopf und zittert in den Knien. Herr Schneider stöhnt. In diesem Zustand kann er den Mann hier unmöglich allein lassen.

»Können wir jemanden benachrichtigen, der kommen kann, um sich um Sie zu kümmern?«

Herr Hertling schüttelt den Kopf.

Herr Schneider ruft einen Krankenwagen, was aber nicht wirklich was bringt. Denn als die beiden Sanitäter Herrn Hertling in den Wagen verfrachten wollen, schüttelt er den Kopf, woraufhin sie wieder von ihm ablassen müssen.

»Aber, der weigert sich doch gar nicht, der schüttelt doch nur«, sagt Herr Schneider etwas verzweifelt und kann wenigstens erreichen, dass sie ihm noch eine Beruhigungsspritze verpassen, bevor sie wieder abrücken.

»Haben Sie Kinder?«

Herr Hertling schüttelt den Kopf. Aber darauf fällt Herr Schneider jetzt nicht mehr rein, und eine halbe Stunde später steht Patrick, flankiert von zwei Polizeibeamten, auf der Matte.

Dass es für die beiden keine sehr schöne Nacht wird, ist klar. Da wollen wir lieber gar nicht dabei sein.

***

Erst am nächsten Morgen ist Herr Hertling wieder einigermaßen auf dem Damm. Zumindest ist das anzunehmen, denn er hat inzwischen das Schütteln weitgehend eingestellt. Über seinem Kopf die berühmten drei Fragezeichen: Wer macht so was? Und warum? Und was soll nun werden? Er weiß keine Antwort und schüttelt noch einmal den Kopf.

Da ist die Polizei schon wesentlich weiter, und das, obwohl sie viel mehr Ws zu beantworten hat: Wer hat was wann wo wie womit warum getan. Das Was-wann-wo-womit ist klar. Gegen siebzehn Uhr dreißig ist Frau Susanna Hertling im Garten ihres Einfamilienhauses in Heikendorf mit einem Messer erstochen worden. Ein gezielter, tödlicher Stich. Die Tatwaffe konnte neben dem Liegestuhl sichergestellt werden. Damit ist die Tat zu fast sechzig Prozent aufgeklärt. Ich will jetzt nicht so weit gehen, zu sagen, dass man den Fall eigentlich zu den Akten legen könnte, aber es ist doch schon ein gutes Stück des Wegs geschafft. Und wenn erst die Fingerabdrücke auf dem Messer identifiziert sind, wird auch das Wer keine Frage mehr sein. Der kümmerliche Rest – das Warum – sollte dann ein Kinderspiel sein.

Eigentlich großartig, dass der Fall so schnell gelöst wird, denn die Kieler Polizei hat mit der Aufklärung von Mord und Totschlag recht wenig Erfahrung. Es kommt einfach zu selten vor. Dank der vielen Borowski-Tatörter denkst du vielleicht, dass Kiel ein saumäßig gefährliches Pflaster ist und alle naselang einer gemeuchelt wird, aber das stimmt nicht. Die Morde müssen sogar mit allen möglichen anderen Schwerverbrechen zusammengefasst werden, sonst wären sie in der Statistik tortenmäßig gar nicht zu erkennen.

Bei der Befragung des Herrn Hertling am nächsten Tag auf dem Kommissariat stößt der Kriminalkommissar auf Schwierigkeiten. Erstens ist der Gatte der Toten immer noch ziemlich durch den Wind. Das ist zwar verständlich, aber es behindert die Arbeit denn doch ungemein. Zweitens stellt sich bald heraus, dass im Grunde halb Kiel einen

Schlüssel für sein Haus haben kann. Seine Kinder haben einen Schlüssel zum väterlichen Haus, das ist selbstverständlich. Damit natürlich auch deren Ehefrauen. Dann meint er, sich zu erinnern, selbst mal einen Schlüssel verloren zu haben, und bei seiner toten Frau ist er sich ziemlich sicher, dass sie ebenfalls den einen oder anderen Schlüssel im Laufe der Zeit verbaselt hat.

»Wissen Sie, sie ist immer so sorglos. Wenn ich ihr nicht ständig …« Hier bricht er ab in der Erkenntnis, dass er nun nie wieder … ach, es ist alles so schrecklich. Er schüttelt den Kopf.

Es hätte also beinahe jeder Zugang zu dem Haus gehabt, und die Tatsache, dass die Haustür nicht beschädigt worden ist, schränkt daher den potenziellen Täterkreis kaum ein. Ob im Haus etwas fehlt und daher ein Raubmord zu vermuten ist, kann Herr Hertling nicht sagen. Die Bilder hängen alle noch an der Wand. Das hat die Polizei allerdings auch schon festgestellt, für weiße Flecken auf der Tapete hat sie einen Blick. Außerdem: Wer klaut schon Drucke? Er hat auch keine nennenswerten Geldbeträge im Haus, sein Geld ruht auf der Bank. Tatsächlich, das muss man so ausdrücken. Es ruht. Bei Zinsen weit unter einem Prozent kann man nicht von Arbeiten sprechen.

Wie viel Geld seine Frau im Haus hatte, weiß er auch nicht. Sie verfügte über eine Scheckkarte für das gemeinsame Konto. Das war's. Wann sie wie oft wie viel abgehoben hat und ob sie vielleicht kleine Hunderterstapel im Wohnzimmer hinter der Gardine versteckt hat, weiß er nicht. Aber warum sollte sie?

Schmuck? Ja, nun, Herr Hertling hat seiner Frau in die Augen gesehen und nicht auf den Hals. Natürlich hat er ihr das eine oder andere Stück geschenkt, auch nicht das billigste, aber ob das alles noch da ist und wo sie es aufbewahrte, weiß er nicht. Seine Frau schätzte diesen Flitterkram nicht besonders.

»Brillanten machen alt, sagt sie«, sagt er. »Sagte sie«, verbessert er sich und schüttelt den Kopf.

Raubmord ist sowieso eher unwahrscheinlich. Wenn die Tote vor dem geöffneten Safe in ihrem Blut gelegen hätte, dann wäre es möglich, dass sie den Täter überrascht hat. Aber sie lag im Liegestuhl im Garten. Ein Räuber hätte in aller Ruhe rauben können und es gar nicht nötig gehabt, sie hinterrücks zu erstechen.

Da Morde zu neunzig Prozent Beziehungstaten aus dem familiären Umfeld sind, nimmt Herr Schneider auch gleich Patrick in die Mangel, der seinen Vater zum Kommissariat begleitet hat. Doch dessen Befragung verläuft ähnlich unergiebig, und es bleibt ihm nichts anderes übrig, als die beiden wieder nach Hause zu schicken.

Der beste Kommissar ist sowieso immer noch Kommissar Zufall, sagt sich der Kommissar. Also abwarten und Tee trinken. Der wird es schon richten.

***

Die Tür zum Büro von Herrn Schneider geht auf, und wer kommt rein? Nein, nicht Kommissar Zufall, sondern Herr Schmidt. Beide, der Kommissar sowie auch der Detektiv, fangen mit »Sch« an. Deshalb hab ich so ein bisschen ein schlechtes Gewissen – wegen der Verwechslungsgefahr. Aber vielleicht doch nicht so schlimm. Du kannst froh sein, dass dies kein russischer Krimi ist. Ich will mich jetzt nicht mit Tolstoi vergleichen, aber dann würde mein Schmidt mal Schmidtkinski oder Stefanowsk oder Stefan Schmideilowitsch heißen, und keiner steigt mehr durch. Da bin ich doch wesentlich freundlicher. Patrick hat seine Petra und das Phinchen, seine Ehemalige heißt Pamela mit Tochter Patricia. Dass Thorsten sowie Thea und Tinchen mit T anfangen, ist auch nett von mir. Ich hätte auch anders gekonnt. Oder glaubst du wirklich, mir wären keine anderen Namen eingefallen? Aber Schmidt und Schneider bleiben. Da musst du nun durch.

Unser Schmidt kommt also bei Schneider ins Büro geschneit und will eine Aussage machen. Weil er nämlich in der Zeitung von dem Mord in Heikendorf gelesen hat und weil er weiß, wer der Mörder ist.

»Seine Exfrau, die alte Frau Hertling, war es«, stößt er hervor und erzählt, dass er in ihrem Haus vom obersten Treppenabsatz aus mitbekommen hat, wie sie sich unten mit einem Messer bewaffnet hat. Etwas ungenauer schildert er dann, was er in dem fremden Haus überhaupt zu suchen hatte, und den Finger lässt er komplett unter den Tisch fallen. Der wird auch von niemandem sonst erwähnt. Herr Hertling hat ihn total vergessen, Pamela schweigt sowieso darüber, und Petra wird sich auch nicht dazu äußern. Das ist auch gut so. Denn mal ehrlich, das hätte die Polizei vielleicht nur verwirrt und auf eine falsche Fährte gelockt.

Die Bedeutung von herrenlosen Fingern wird sowieso allgemein überschätzt. Wie oft passiert es, dass man so was beim Spazierengehen findet. Schließlich vergeht kein Tag, an dem sich auf den Schienen der Bahn, der ehemaligen Eisen- und dann Bundesbahn, nicht zwei Menschen umbringen. Also statistisch gesehen. Und warum das? Weil es keine so schönen Mittel wie Veronal mehr gibt. Im Grunde eine Dreistigkeit, dass dem Staatsbürger diese elegante Selbstmordmöglichkeit genommen wurde und er jetzt zu solch unappetitlichen Mitteln greifen muss, wenn er sich zuverlässig zu Tode bringen will.

Eine Zumutung, so was.

Erst mal natürlich für den Selbstmörder, da muss ich gar nichts weiter zu sagen. Und wenn der Zwanzig-Uhr-Siebzehn dann auch noch Verspätung hat, sodass sich die Minuten vor den Selbstmorden unendlich ausdehnen, das will man sich gar nicht vorstellen.

Vor allem aber für den Lokführer. Grauenvoll. Selbst

wenn der Selbstmörder dem Lokführer im Sprung noch freundlich zuwinkt, während der voll Panik in die Eisen steigt. Solltest du dir also gut überlegen, ob es dich wirklich freut, wenn dein Kleiner die Husch-husch über den Teppich schiebt und später Lokomotivführer werden will.

Und dann natürlich für die Einsammler. So ein Selbstmörder ist ja nach seinem Suizid nicht weg, also im Sinne von »nicht mehr da«. *Da* ist er schon noch, nur eben stückchenweise. Diese Stückchen müssen alle eingesammelt werden, damit die Angehörigen was zum Beerdigen haben. Und natürlich, damit nicht noch Reste in der Landschaft liegen bleiben. Ja, und da kann es eben sein, dass zum Beispiel ein Finger doch mal übersehen wird. Liegt vielleicht versteckt etwas abseits im Gras, und keiner sieht ihn. Und nach ihm wird auch nicht gesucht, denn es bleiben ja nicht nur Stückchen übrig, wenn ein Zug für den Suizid zu Hilfe genommen wird. Deshalb merkt keiner, dass was fehlt. Wenn dann ein Spaziergänger oder eine Spaziergängerin so was findet …

Du würdest natürlich vor Schreck in Ohnmacht fallen – was ein weiterer Grund dafür ist, dass die Einsammler versuchen, alles einzusammeln. Aber es gibt eben auch Leute, die nicht in Ohnmacht fallen, sondern denken: Wer weiß, wozu man so was noch mal brauchen kann, es einstecken und zu Hause im Eisfach deponieren.

Deshalb sage ich eben: Solche herren- beziehungsweise damenlosen Finger werden überschätzt. Wohingegen ein echter Zeuge natürlich mit Gold nicht zu bezahlen ist. Deshalb eigentlich unverantwortlich, wie der Herr Kommissar seine Befragung führt.

»Aber tatsächlich gesehen haben Sie Frau Hertling nicht?«, fragt Herr Schneider, wobei er das Wort »gesehen« betont.

»Nein, nicht direkt.«

»Und dass die Person, die Sie nicht gesehen haben, ein

Messer mitgenommen hat, das vermuten Sie nur, weil es fehlte«, bohrt Herr Schneider weiter.

Herr Schmidt nickt.

»Finden Sie es nicht ein wenig merkwürdig, dass sich Frau Hertling in ihr eigenes Haus schleicht, sich ein Messer nimmt, wieder verschwindet und mehrere Tage später damit zusticht? So richtig Sinn macht das nicht. Oder was meinen Sie?«

Jetzt muss ich zugeben, dass ich den Kommissar ein wenig unterschätzt habe. Denn wo er recht hat, hat er recht. Das macht alles keinen Sinn. Respekt, Herr Kommissar! Er selbst ist aber nicht gerade begeistert von seinem logischen Denkvermögen. Da wird ihm der Mörder beziehungsweise die Mörderin frei Haus serviert, und er stellt pampige Fragen. Das ist doch sehr kontraproduktiv und bringt die Sache überhaupt nicht weiter.

Obendrein verärgert er seinen besten Zeugen. Herr Schmidt wird sauer. Da präsentiert er den Mörder auf dem Silbertablett, und statt eines Dankes erntet er nur Spitzfindigkeiten. Bitte schön. Er wollte ja nur helfen. Aber wenn der Polizei nicht zu helfen ist, dann nicht, liebe Tante. Er hat seine Zeit auch nicht gestohlen, hat weiß Gott Wichtigeres zu tun, als sich hier von einem Herrn Oberschlau dumm kommen zu lassen.

Hier gerät seine großartige Empörung allerdings ein bisschen ins Stocken. Wenn er es recht bedenkt, hat er nämlich nichts Wichtigeres zu tun. Herr Hertling, sein zurzeit einziger Auftraggeber, hat ihm dreihundert Euro und einen Finger geschenkt und ihn ansonsten aus seinen Diensten entlassen.

Herr Schmidt weiß – wie die meisten von uns –, dass es auf der Welt von Ignoranten und Dummbatzen nur so wimmelt und dass er – wie die meisten von uns – von Trilliarden solcher Schwachköpfe umgeben ist. Wie ein Rufer in der Wüste kann man sich den Mund mit Engelszungen fusselig reden. Das nützt alles gar nichts, denn sowohl der Kommissar wie auch Herr Hertling gehören offensichtlich zu diesen Trilliarden.

Darüber hinaus ist er ein klein wenig unsicher geworden. Vielleicht haben die Trilliarden ja recht.

***

Phinchen thront auf ihrem Kinderstühlchen und sieht aus wie eine Mischung aus der Königin von Saba und einem Schneemann. Seit sich ein Lätzchen als zu knapp erwiesen hat, umwallen sie beim Essen Geschirrtücher. Petra hat keine Lust, ihre Tochter gänzlich neu einzukleiden, nur weil sie ein Früchtegläschen oder eine Portion Schokoladenpudding zu sich genommen hat. Ich wähle bewusst die Formulierung »zu sich nehmen«. Das Wort »essen« träfe es nicht.

Die Ablenkungen sind zahlreich. Deshalb versucht Petra, Phinchen mit dem Spiel »Ein Löffelchen für …« bei der Stange zu halten. Durch die ganze Familie wird sich durchgelöffelt, nur Pamela lässt Petra weg. So weit kommt's noch. Und natürlich Susanna, die braucht's nicht mehr. Die braucht gar nichts mehr, würde aber selber gerade jetzt so dringend gebraucht, um den Schwiegervater zu beschäftigen.

Natürlich sind diese Überlegungen ein bisschen in sich selbst verknotet, denn für Herrn Hertling wäre Susanna jetzt vor allem deshalb so wichtig, weil sie weg ist. Wenn sie noch da wäre, dann brauchte er sie nicht, denn dann hätte er sie ja. Ich weiß nicht, ob du verstehst, was ich meine.

Jedenfalls befürchtet Petra, dass sie und Patrick jetzt, wo seine Frau nicht mehr ist, den Opapa ständig bemuttern müssen. Als die beiden Polizisten in der Tür standen, um Patrick für eine ganze Nacht zu entführen, war das sicherlich nur ein Vorgeschmack auf Kommendes.

Das hört sich vielleicht ein wenig herzlos an, aber Petra weiß wirklich nicht, wo ihr der Kopf steht. Da ist die Hege und Pflege der Wohnung. Immer wieder mal muss sie im Geschäft einspringen. Und ein bisschen Zeit braucht sie schließlich auch mal nur für sich.

Und jetzt zu allem Überfluss noch das Phinchen.

Wie das die Frauen früher mit fünf oder zehn Kindern alles geschafft haben, obendrein ohne Waschmaschine und Trockner, ist ihr ein Rätsel. Vielleicht haben sie die Kinderschar immer mal wieder zu den Großeltern abgeschoben. Aber das geht ja in ihrem Fall nicht. Die stopfen sie nur mit Schokolade voll und lassen sie womöglich unbeaufsichtigt durch den Garten purzeln. Was da alles passieren kann.

»Wenn du glaubst, dass ich jetzt auch noch deinen Vater hüte«, sagt sie, als Patrick abends nach Hause kommt, »bist du schiefgewickelt.«

»Natürlich nicht«, sagt Patrick.

»Glaubst du, dass er vielleicht seine eigene Frau …?«

»Natürlich nicht«, sagt Patrick.

»Aber wer war es dann? Ein Einbrecher kann es ja wohl nicht gewesen sein.«

»Natürlich nicht«, sagt Patrick.

»Vielleicht war es Pamela. Der würde ich das zutrauen.«

»Natürlich«, sagt Patrick.

»Was soll das denn nun schon wieder heißen?« Petra sieht ihn ungehalten an. »Immer, wenn es um Pamela geht, wirst du so komisch. Die wirst du wohl nie vergessen?« Musst du mal drauf achten: Worte wie »wieder« und »immer«, sogar das unscheinbare Wörtchen »nie« sind die perfekte Zutat zu einem richtig friedlichen und netten Abend.

»Natürlich nicht«, sagt Patrick und geht in die Küche. Er ist müde. Die ganze Nacht nicht geschlafen und im Geschäft nur Ärger. Aus dem Auftrag von Weinheim und Co wird wohl auch nichts. Dabei hätte er gerade den so dringend gebraucht.

Seit Phinchen da ist, muss er sich sein Abendbrot selbst schmieren. Petra schafft das nicht mehr. Um was soll sie sich denn noch alles kümmern? Er holt den halben Schinken aus dem Schrank.

»Wo ist denn das große Messer?«, ruft er ins Wohnzimmer.

»Das hab ich versteckt«, ruft Petra zurück. »Oder meinst du, ich will auch noch abgestochen werden?«

Jetzt wäre es eigentlich an Patrick, mal nachzufragen, was das denn nun schon wieder heißen soll. Aber er hat keine Kraft dazu. Außerdem klingelt es.

Herr Hauptkommissar Schneider steht vor der Tür.

»Darf ich reinkommen?«

Am liebsten würde Patrick Nein sagen. Er hat Hunger. Er ist müde. Petra ist auf Krawall gebürstet. Phinchen rüstet sich für ihren täglichen Kampf gegen das nächtliche Bett. Da hat ihm die Polizei im Haus wirklich gerade noch gefehlt.

Petra ist auch nicht begeistert, als Herr Schneider ins Wohnzimmer tritt.

»Muss das sein? Wir wollten gerade das Kind zu Bett bringen.«

»Nur noch ein paar kurze Fragen«, sagt er und versucht ein gewinnend harmloses Lächeln. »Dann bin ich gleich wieder weg.«

Er hat recht, die Fragen sind kurz. Aber eine Frage erfordert eine Antwort, die eine neue, auch wieder recht kurze Frage aufwirft, und so geht das Pingpongspiel hin und her. Und zwischen allem Phinchen, die bemerkt, dass ihr der Mittelpunkt entgleitet, und gegensteuert.

»Wo waren Sie zur Tatzeit?« Das ist eine kurze Frage. Patricks Antwort »Im Geschäft« ist noch kürzer. Aber leider falsch. »Wir haben bei Ihren Angestellten nachgefragt: Da waren Sie nicht. Wo waren Sie?«

Phinchen klammert sich an seine Hosenbeine, sodass er

sich kaum auf die Antwort konzentrieren kann. »Na Gott, nun, dann werde ich wohl unterwegs gewesen sein. Ich muss Kunden besuchen. Zurzeit ist viel zu tun.«

Phinchen weint herzzerreißend, was er auch am liebsten täte. Denn das war gelogen. Die Auftragslage ist kümmerlich, und er kann mit niemandem, nicht einmal mit Petra, darüber reden. Wenn sie mitkriegte, dass ihm das Wasser gerade anfängt bis zum Hals zu stehen, was würde sie sagen? Er sieht im Geiste ihr angstvolles Gesicht. Wovon sollen wir denn leben? Was wird mit Phinchen, wenn du pleitegehst?

»Also: Wo waren Sie?«

»Keine Ahnung.«

»Und Sie?«, wendet er sich an Petra.

»Im Schrevenpark, Entchen füttern«, sagt Petra wie aus der Pistole geschossen.

»Da ist Entenfüttern verboten«, sagt der Kommissar, womit er recht hat.

Wenn das Nahrungsangebot überhandnimmt, lassen es sich nicht nur die dort ansässigen Enten gut gehen. Es lockt jede Menge Flüchtlinge aus den Nachbarteichen an, die dann alle gemeinsam das Biotop zuscheißen. Und zwar nicht übertragen gemeint, sondern im wahrsten Sinne des Wortes. Aber weil Phinchen das Entenfüttern solch einen Spaß macht, kann Petra darauf keine Rücksicht nehmen.

»Sie hat gefüttert«, sagt Petra und zeigt auf Phinchen. »Ich habe nur zugesehen.«

»Zeugen?«, fragt der Kommissar. »Ich meine, außer Ihrer Tochter und den Enten?«

»Meine Schwägerin«, sagt Petra.

»Soso, aha. Vielen Dank. Das war's schon«, sagt Herr Schneider. »Einen schönen Abend noch.«

Das sagen wir Schleswig-Holsteiner gern. Also nicht »Soso« und »Aha«. Das auch. Ich meine »Einen schönen Abend noch«. Manchmal sagen wir auch: »Einen schönen Tag noch«. Das richtet sich so ein bisschen nach der Tageszeit.

Herr Schneider wünscht in Anbetracht der Späte des Tages »einen schönen Abend noch«, aber Patrick ahnt schon, dass daraus nichts werden wird. Während er den Kommissar zur Tür bringt, sieht er aus den Augenwinkeln heraus, dass Phinchen offensichtlich beschlossen hat, noch ein wenig aufzubleiben. Ihren Schlafhasen im Arm, entert sie gerade das Sofa. Unter einem schönen Abend stellt Patrick sich was anderes vor. Mehr so zu zweit. Vielleicht auch zu dritt, aber dann sollten beide Damen schon volljährig sein.

Wenn er sich auch nur ansatzweise vorstellen könnte, was Petra denkt, dann *ahnte* er nicht, sondern dann *wüsste* er, dass es kein schöner Abend werden kann.

***

»Bad news travels fast«, sagt ein Sprichwort, und es ist daher nicht verwunderlich, dass im Ministerium vom Pförtner bis rauf zum Minister alle Bescheid wissen, als Herr Hertling wieder im Dienst erscheint. Er hätte sich natürlich zwei Wochen krankschreiben lassen können. Aber er hält es zu Hause nicht aus. Das brauche ich eigentlich gar nicht näher zu erklären. Ist klar, dass es ihm nicht deshalb graust, weil sich das dreckige Geschirr stapelt und die Staubschicht wächst, wenn die pflegende Hand der Hausherrin fehlt. Ihm ist das ganze Haus verhasst. Selbst jetzt, wo der Regen den Blutfleck im Garten weggewaschen hat, will er dort am liebsten keine Sekunde bleiben.

Im Ministerium ist es ein bisschen wie Spießrutenlauf. Aber nicht für ihn, sondern eher für die anderen. Wie verhält man sich jemandem gegenüber, dessen Frau brutal ermordet wurde? Frau Kleinheim kommt am besten damit klar. Sowie er in der Tür steht, springt sie von ihrem Stuhl auf und nimmt ihn vorsichtig in den Arm.

»Ach, lieber Herr Hertling. Es ist so furchtbar. Mein allerherzlichstes Beileid.«

Schnell flüchtet er in sein Büro und schließt die Tür hinter sich, weil ihm wieder die Tränen kommen.

Nur ganz allmählich kriegt ihn der Alltag einigermaßen in den Griff.

Als Herr Schneider in der Tür steht, um ihn noch einmal zu befragen, gerät die mühsam erreichte Fassung allerdings wieder ins Wanken. Nach einigen Drehungen und Wendungen rückt der Kommissar damit raus, dass auf der Tatwaffe Frau Hertlings Fingerabdrücke sind, was die Vermutung nahelegt, dass seine geschiedene Frau seine tote Frau umgebracht hat.

Erst einmal ist Herr Hertling sprachlos. Das ist nun wirklich absolut gänzlich totaler Unsinn. Warum sollte seine ehemalige Frau das gemacht haben? Herr Schneider zuckt nur mit den Achseln. Er hat schon von Berufs wegen Dinge erlebt, das glaubt man nicht. Da gehört so ein ehemaliger Ex-Gattenmord durchaus nicht zu den abwegigsten Taten.

»Für ihre Fingerabdrücke muss es eine ganz normale Erklärung geben«, sagt Herr Hertling.

Der Kommissar lächelt unmerklich. Auf die wäre er jetzt wirklich mal gespannt.

Frau Kleinheim hätte dazu eine Idee, aber sie sagt natürlich nichts. Denn offiziell kriegt sie von dem Geschehen nichts mit – durch die geschlossene Tür. Aber sie wäre nicht die gute Sekretärin, die sie ist, wenn sie nicht selbstverständlich Mittel und Wege wüsste, auch durch die geschlossenste Tür alles Wichtige zu erfahren.

Leider klingelt das Telefon, und sie muss ihren Horchposten vorerst aufgeben. Aber sie hat genug gehört. Der Staatssekretär ist dran.

»Ist er wieder einigermaßen auf dem Damm?«, fragt er.

»Herr Hertling ist gerade in einem Gespräch«, sagt sie professionell, ohne auf seine Frage einzugehen. »Soll ich durchstellen, oder kann er nachher zurückrufen?«

Bloß nicht. Der Staatssekretär hat sowieso im Grunde

keine Ahnung, wie er sich dem Hertling gegenüber verhalten soll. Auf diese Weise gewährt ihm das Schicksal noch ein wenig Aufschub.

»Ich versuche es später noch einmal«, sagt er und legt auf.

Eigentlich schade, denn Herrn Hertling wäre eine Unterbrechung dieses unangenehmen Gesprächs sicherlich angenehm gewesen. So aber muss er unangenehme Fragen zu seiner früheren Frau über sich ergehen lassen. Ob sie nach so langer Zeit immer noch eifersüchtig auf seine neue Frau gewesen sein könnte. Ob sie eine neue Beziehung eingegangen ist. Warum sie seiner Meinung nach nicht wieder geheiratet hat. Ob finanzielle Nachteile für sie durch das neue Kind entstanden wären. Ob, ob, ob. Ihm schwirrt der Kopf.

»ICH WEISS ES NICHT!«, schreit er schließlich mit Tränen in den Augen. Dafür hätte Frau Kleinheim keinen Horchposten gebraucht. Das ist sicherlich auch noch zwei Stockwerke tiefer zu hören. »Ja, äh, dann entschuldigen Sie die Störung«, sagt Herr Schneider etwas verlegen und zieht sich zurück.

Als er fort ist, kommt Frau Kleinheim ins Büro. »Soll ich Ihnen einen Kaffee bringen?«

»RAUS!«, schreit Herr Hertling.

Frau Kleinheim setzt sich. »Sie dürfen jetzt nicht den Kopf verlieren. Je mehr Sie mithelfen, desto eher wird der Täter gefasst.«

Er vergräbt sein Gesicht in den Händen. Sie hat ja recht. Aber er kann nicht. Sein Kopf ist ganz leer, der Magen verkrampft, sein Herz schlägt mal so, mal so, grad, wie es will. Oft sacken ihm aus heiterem Himmel plötzlich die Beine weg.

»Ach, Frau Kleinheim …«, sagt er.

»Ich bin immer für Sie da, Hans«, flüstert sie.

Vielleicht ein bisschen zu leise. Er hört es jedenfalls nicht.

***

Es klingelt. Petra stürzt zur Tür. Wahrscheinlich ist es ihr Schwiegervater. Sie wird ihn mit Herzlichkeit empfangen, der Krach mit Patrick seinetwegen ist ihr unangenehm. Das war nicht nett von ihr. Der Opa braucht jetzt seine Familie.

Vor der Tür steht allerdings nicht ein geknickter Witwer, sondern Frau Hertling, Mutter, Oma und Schwiegermutter in einer Person. Alle drei Rollen beherrscht sie perfekt. Frau ist sie natürlich auch noch. Die Rolle steht ihr am besten.

Frau Hertling setzt sich an den Küchentisch, während Petra ein weiteres Gedeck auflegt. Die Königin von Saba sitzt auf ihrem Hochstuhl, matscht mit Salzteig und quietscht vor Freude, als sie die Oma sieht.

»Nicht wahr, du freust dich, wenn ich komme«, sagt Frau Hertling.

Für Petras Geschmack betont sie das Du ein wenig zu stark.

Phinchen denkt immer nur an das eine. Sie sperrt den Schnabel in Richtung Frau Hertling auf und erwartet die obligatorische Schokoladenzufuhr. Wie unangenehm. Kein bisschen diskret, das Kind.

»Nun matsch mal schön«, sagt Frau Hertling und tätschelt Phinchen vorsichtig die salzteigverschmierte Hand. »Wo ist denn Patrick?«

»Im Augenblick hat er viel zu tun«, antwortet Petra. »Aber er muss gleich kommen.«

»Wie schön. Mit meinem Handy ist was nicht in Ordnung, das muss er sich mal ansehen.« Frau Hertling lächelt harmlos.

»Ich weiß nicht, ob er das schafft. Er ist abends immer ziemlich kaputt.« Petra lächelt harmlos zurück.

»Ist bestimmt nur ’ne Kleinigkeit.«

Petra nickt. Diese Kleinigkeiten kennt sie.

Als sie hören, wie der Schlüssel im Haustürschloss umgedreht wird, rennt Petra mit einem »Das ist Patrick« in den

Flur und erstattet ihrem Mann flüsternd Bericht. »Phinchen ist bester Laune, müsste seit einer Stunde im Bett liegen, der Tischler hat wegen der Rechnung angerufen, deine Mutter ist da und raubt mir den letzten Nerv.«

»Seit wann?«, flüstert Patrick zurück.

»Eigentlich schon immer.«

»Ich meine nicht, seit wann sie dir den letzten Nerv raubt, sondern seit wann sie da ist«, stellt Patrick flüsternd richtig.

»Störe ich?«, ruft Frau Hertling von der Küche her.

Patrick reißt sich von Petra los und geht zu ihr.

»Aber Mutter«, sagt er und gibt ihr einen Kuss, »du störst doch nie.«

Während Petra den Tisch abräumt und versucht, Phinchen ins Bett zu kriegen, sitzen Mutter und Sohn über das Handy gebeugt und probieren, hinter das Geheimnis ständig steigender Abbuchungen des Netzanbieters zu kommen.

»Ich habe kaum telefoniert und war praktisch nie im Internet«, sagt Frau Hertling bekümmert. »Ich versteh ja nichts davon, aber es kann doch nicht sein, dass das so viel kostet.«

Nein, das kann nicht sein. Aber Patrick kennt seine Mutter. Ihr »praktisch nie« kann wahr sein. Es kann aber auch bedeuten, dass sie stundenlang im Netz durch die neuesten Kollektionen für den kommenden Winter gesurft ist. Das müsste der Verlauf der Netzaktivitäten eigentlich zeigen. Kann aber auch sein, dass sie den Verlauf gelöscht hat.

»Gott, Junge, da waren so komische Bildchen, die habe ich gelöscht«, würde sie sagen, wenn er nachbohrt. »Löschen kann ich immerhin schon.« Dabei würde sie ihn so stolz ansehen wie Phinchen, wenn sie fehlerfrei einen Tisch umrundet hat.

Es klingelt. Patrick öffnet die Tür, und herein stürmt Herr Schneider mit fünf Beamten, alle quasi bis an die

Zähne bewaffnet. Vielleicht nicht das ganz große Besteck, aber immerhin mit stichsicherer Weste und Pistole im Anschlag.

»Ist Ihre Frau Mutter hier?«, fragt Herr Schneider großartig.

Das ist nun wirklich überflüssig. Frau Hertling sitzt ganz offiziell am Esstisch in der Küche und guckt ebenso großartig.

»Meine Herren«, sagt sie und wirft einen amüsierten Blick auf den Polizistenauftrieb, »Sie sind doch wohl nicht etwa meinetwegen hier?«

»Doch«, sagt Herr Schneider.

Er schwankt, ob er die Pistole nicht vielleicht senken kann. Sieht ja doch ein wenig albern aus. Sechs Pistolenläufe auf eine Frau gerichtet, die gerade ein Teetässchen in der Hand hält. Sie scheint unbewaffnet zu sein, und langstielige Messer liegen nicht auf dem Küchentisch herum.

Er steckt die Pistole ein und zieht ein blutiges, in Zellophan verpacktes Messer aus der Brusttasche. Patrick macht drei Kreuze, dass Phinchen schon auf dem Weg ins Bett ist. Fünf Onkel in Uniform und dann noch ein blutrotes Messer – es genügen schon weniger spannende Details, um sie eine ganze Nacht lang bei Laune zu halten.

»Da sind Ihre Fingerabdrücke drauf.«

»Natürlich«, sagt Frau Hertling, »es ist ja meins.«

»Ach, das geben Sie also zu?«

Frau Hertling sieht Herrn Schneider belustigt an. Warum sollte sie das nicht zugeben? Sie erkennt es auf Anhieb, schließlich gehört es mit fünf Kollegen gleicher Bauart, aber unterschiedlicher Größe in ihren Messerblock. Allerdings hat sie sich schon gewundert, dass es seit ein paar Tagen verschwunden ist. Genau genommen, seit sie wieder zu Hause ist. Aufgefallen ist es ihr aber erst am Morgen nach ihrer Ankunft.

Sie denkt nach. Ganz genau genommen ist es ihr aufgefallen, gleich nachdem Patrick noch abends spät den Wasserhahn repariert hatte und dann gegangen war.

»So leid es mir tut, Frau Hertling, wir müssen Sie mitnehmen, weil Sie verdächtigt werden, Frau Susanna Hertling ermordet zu haben.« Also, das ist nun wirklich unprofessionell. Frau Hertling hat Anspruch auf den Satz »Ich nehme Sie fest wegen des Verdachts …«, wie du ihn im Fernsehen in jedem Krimi hörst und wie ihn die Strafprozessordnung nun einmal vorschreibt. Außerdem muss sie über ihre Rechte aufgeklärt werden. Ich sage dir das nur, damit du es weißt, falls du mal festgenommen wirst. Ein »So leid es mir tut« ist jedenfalls in der StPO nicht vorgesehen. Außerdem ist es gelogen. Es tut ihm gar nicht leid. Obwohl, als er sieht, wie aus einer souveränen Frau beinah von einer Sekunde zur anderen ein hilflos verzweifeltes Frauchen wird, da tut es ihm vielleicht doch ein wenig leid.

Der Kommissar lässt Frau Hertling abführen. Vorsichtshalber in Handschellen. Frauen sind ihm suspekt. Die sind zu den merkwürdigsten Reaktionen fähig. Alles schon vorgekommen. Bei Frauen weiß man nie.

***

Mord ist eine unangenehme Sache. Erst mal natürlich für den, der umgebracht wird, keine Frage. Aber dann auch für den Mörder. Da denkst du jetzt an das viele Blut und so. Das ist natürlich auch sehr unangenehm, aber ich meine etwas anderes: Mord ist deutlich unangenehmer als Totschlag, und das liegt nicht an dem vielen Blut. Du kannst jemanden mit siebzehn Messerstichen massakrieren, und nachher stellt sich heraus, dass es gar kein Mord war, sondern sich dabei lediglich um Totschlag gehandelt hat. Solltest du dir merken. Nur so für den Fall.

Der Hauptunterschied ist, dass bei Totschlag die Folgen für den Mörder wesentlich angenehmer sind wegen der deutlich geringeren Strafe. Was natürlich immer noch ganz schön unangenehm ist. Ganz anders für die Polizei. Eine Leiche ist natürlich auch für sie erst mal unangenehm, aber wenn sie den dazugehörigen Umbringer findet, das ist angenehm. Und der Polizei ist es ganz egal, ob der Mörder ein Mörder oder nur ein Totschläger ist. Sie hat die Leiche und den, der sie zur Leiche gemacht hat, damit basta. Ob er die Leiche doch nur totgeschlagen hat, ist ihr erst einmal egal. Damit sollen sich die Gerichte rumschlagen.

Deshalb ist Herr Schneider auch ganz aus dem Häuschen, als Frau Hertling zugibt, dass sie es war. Sie sei ganz zufällig in Heikendorf vorbeigekommen und habe die neue Frau Hertling erstochen. Im Affekt sozusagen. Ganz klar Totschlag. Sogar ein minder schwerer Fall. Aber Herr Schneider ist nun natürlich nicht blöd und auch nicht von gestern. Das kann sie seiner Großmutter erzählen. Man kommt nicht zufällig in Heikendorf vorbei. Früher vielleicht, aber heute gibt es die vierspurige Umgehungsstraße. Wer heute nach Heikendorf kommt, der will da auch hin.

Na, gibt Frau Hertling zu, so ganz zufällig sei sie natürlich nicht vorbeigekommen. Aber da habe sie doch im Regal ein Buch gefunden, noch von damals, als Herr Hertling noch zu Hause, also in Suchsdorf, wohnte. Das hat sie ihm zurückbringen wollen. Ja, und da ist es dann passiert. Und weil sie zufällig gerade ihr großes Messer dabeihatte … also wirklich, sie weiß auch nicht, was über sie gekommen ist.

Aha. Na wunderbar. Der Leichenmacher ist gefasst und sogar geständig. Herr Schneider ist aus dem Schneider. Er lehnt sich geruhsam in seinem Sessel zurück. Die Polizei hat ihren Job gemacht.

FÜNF

Herr Schmidt sitzt hinter seinem Schreibtisch in der Fleethörn Nummer 24, Erdgeschoss rechts und wartet auf König Kunde. Doch der tut, was er immer tut. Er lässt auf sich warten. Davon kann man nicht leben, und du hast dich vielleicht schon gefragt, wie Herr Schmidt eigentlich über die Runden kommt. Ein Büro in der Innenstadt ist nicht umsonst. Auch Auto und Telefon haben ihren Preis. Und leben muss er auch noch. Von Luft und Liebe allein ist das nicht zu bewerkstelligen. Luft wäre zwar reichlich vorhanden, aber mit Liebe sieht es zurzeit schlecht aus. Er ist inzwischen dazu übergegangen, einen Großteil seines Kalorienbedarfs in flüssiger Form zu sich zu nehmen. Aber auch Gin kostet Geld.

Aber keine Sorge, Herr Schmidt kommt über die Runden, bezieht sogar ein verhältnismäßig sicheres Grundeinkommen. Dieses Wort hat in Deutschland einen gewissen Klang, besonders mit dem Adjektiv »bedingungslos« davor. Er arbeitet für eine Partnervermittlungsorganisation – so zumindest die offizielle Bezeichnung –, und sein Grundeinkommen ist alles andere als bedingungslos. Über die Bedingungen redet er allerdings nicht gern. Es ernährt seinen Mann, wenn auch mehr schlecht als recht, aber es füllt ihn nicht aus. Ist nichts, weswegen er sich schämen müsste, aber stolz kann er darauf nun wirklich nicht sein. Deshalb bedauert er es umso mehr, dass die vielversprechende Sache mit dem Hertling so sang- und klanglos im Sande verlaufen ist.

Er forscht nach etwas Essbaren. Im Kühlschrank wird er fündig. Ich sage nur: Finger auf Spinat wäre möglich, sogar mit Spiegelei drüber, das allerdings schon etwas in die Jahre gekommen ist.

Schnell macht Herr Schmidt die Klappe zum Gefrierfach wieder zu. So weit ist er nun doch noch nicht heruntergekommen. Während er die Nummer des Pizzaservice anruft, kommt er ins Grübeln. Wieso hat er sich von Herrn Hertling eigentlich am Telefon so schnell abwimmeln lassen?

Der Finger hat sein Geheimnis schließlich immer noch nicht preisgegeben, und der Vorschuss ist in keiner Weise abgearbeitet. Er lässt sich nichts schenken, weder einen geheimnisvollen Finger noch dreihundert Euro. Gewiss, die Buschtrommeln haben es schon gleich nach der Festnahme laut herausposaunt, dass Susanna von Frau Hertling ermordet wurde, eigentlich genau, wie er es vorausgesagt hat. Also fast genau. Jedenfalls hat er im Grunde mal wieder recht behalten.

Ja, siehst du. Das macht ihn jetzt stutzig. Normalerweise hat er nämlich nicht recht. Nicht auf Anhieb und nicht so reibungslos. Im Grunde wäre es sogar das erste Mal, dass ein Fall so ohne Ecken und Kanten über die Bühne geht. Und auch diesmal sind noch eine Menge Fragen offen. Zum Beispiel ist da die Sache mit dem Finger. Und warum gerät eine Frau, die sicherlich eine gehörige Macke hat, aber doch alles in allem verhältnismäßig normal ist, in einen derartigen Blutrausch, dass sie eine Rivalin absticht?

Gleich nachdem er eine Calzone mit doppelt Käse bestellt hat, wählt er die Nummer von Herrn Hertling.

***

»Ein Herr Schmidt will Sie sprechen.« Durch die Telefonanlage klingt Frau Kleinheims Stimme immer ein wenig beleidigt.

Schmidt? Welcher Schmidt?

Plötzlich fällt es ihm wieder ein. Richtig. *Der* Schmidt. Der Detektiv, der ihn davor gewarnt hat, dass seine Frau, also seine geschiedene Frau, mit einem Messer durch die Gegend läuft und ihn umbringen will. Damit hatte er zwar nicht ganz recht gehabt, aber immerhin. Wenn er auf ihn gehört hätte, wäre seine Frau vielleicht noch am Leben.

»Stellen Sie durch«, sagt er mit zitternder Stimme zu seiner Sekretärin, und nach einem »Hallo, Herr Schmidt« versagt ihm die Stimme völlig. Er kann nur noch schluchzen.

Eigentlich hat Herr Schmidt seine Dienste anbieten und Herrn Hertling sagen wollen, dass er auch weiterhin zur Verfügung steht. Aber jetzt ist erst mal Zuhören angesagt. Es wird ein langes Gespräch. Herr Hertling erzählt über sich und Susanna und ihre glückliche Zeit und sein bis dahin so schönes Leben, das jetzt für immer vorbei ist.

»Ich werde nie wieder lachen können«, sagt er verzweifelt, und Herr Schmidt nickt durchs Telefon.

Ganz allmählich gelingt es Herrn Hertling, sich wieder ein bisschen zu fassen.

»Hätte ich nur damals auf Sie gehört, als Sie mich vor Johanna gewarnt haben.« Seine Stimme wird hart. »Niemals, wirklich niemals hätte ich ihr so was zugetraut. Ich bin fassungslos. Meine Frau, die ich geliebt habe. Die Mutter meiner Kinder …«

Wenn Herr Schmidt gedacht hat, er könne jetzt endlich zum eigentlichen Grund seines Anrufs kommen, hat er sich getäuscht. Herr Hertling erzählt von früher, von seiner Frau, wie er sie kennengelernt hat, wie schön es war, als die Kinder noch klein waren. »Die Johanna ist eine attraktive Frau gewesen«, sagt er stolz, und Herr Schmidt nickt durchs Telefon.

»Immer sexy, auch in Jeans. Röcke hat sie nie getragen. ›Dazu muss man hohe Schuhe tragen‹, sagte sie immer. Aber das geht ja nicht – bei ihrer Größe. Wenn Frauen ihren Mann überragen, das sieht immer blöd aus.« Er schweigt, sein Redefluss scheint versiegt zu sein.

»Haben Sie sich mal Gedanken über den Finger gemacht?«, nutzt Herr Schmidt die Pause, um jetzt endlich sein Anliegen an den Mann zu bringen.

»Ach ja, richtig. Der Finger. Was macht der eigentlich?«

»Der liegt weiterhin auf Eis. Aber …« Weiter kommt er nicht.

»Was sie wohl damit gewollt hat?«, sinniert Herr Hertling.

Na bitte. Endlich ist Herr Hertling da angekommen, wo Herr Schmidt ihn hinhaben will.

»Ich könnte das mal recherchieren«, sagt er, wobei seine Stimme etwas fröhlicher klingt, als er beabsichtigt hat.

»Ach, ja, bitte. Tun Sie das. Wissen Sie, ich hatte gedacht … äh …« Herr Hertling holt Luft, und das hätte er nicht tun sollen.

»Entschuldigen Sie, Herr Hertling, ich muss Schluss machen. Ein Kunde auf Leitung zwo.«

Erleichtert legt Herr Schmidt auf. Wie ein Schicksalsschlag einen Menschen ändern kann. Vor einer Woche war der Hertling noch beinah verletzend kurz angebunden, und nun sprudelt es nur so aus ihm heraus.

Unnötig zu sagen, dass Herr Schmidt gar keine zweite Telefonleitung hat. Aber eine Tür. Und an der klingelt die Calzone.

Mit doppelt Käse.

***

»Hättest du gedacht, dass Johanna imstande ist, Susanna mit dem Messer abzuschlachten?«, fragt Petra.

»Nein«, sagt Patrick.

»Wo warst du eigentlich, als Susanna ermordet wurde?« Petra wickelt gerade Phinchen und stellt die Frage so beiläufig wie möglich.

»Weiß nicht«, antwortet Patrick. Ebenfalls möglichst beiläufig.

»Vielleicht bei Weinheim und Co?«, fragt Petra.

»Möglich«, sagt Patrick und reicht ihr die Penatencreme.

Petra schweigt. Sie weiß, dass eben gerade das nicht möglich sein kann. Dazu erledigt sie oft genug die Korrespondenz der Druckerei. Weinheim und Co ist abgesprungen. Kann sich Patrick tatsächlich nicht erinnern, wo er war, oder lügt er sie bewusst an? Vielleicht hat er seiner Mutter bei dem brutalen Mord geholfen, und sie deckt ihn. Oder er hat gar nichts mit der ganzen Sache zu tun und war einfach nur mal wieder bei Pamela. Sie wüsste wirklich nicht, was ihr lieber wäre.

Ihr Schwiegervater ist immer noch so oft bei seiner ersten Frau und hält es vor der zweiten geheim. Warum sollte es ihr besser gehen? Der Apfel fällt nicht weit vom Stamm. Ja, Petra ist eifersüchtig, nahezu krankhaft eifersüchtig. Es ist nicht nur der Wunsch, Patrick zu entlasten, wenn sie im Geschäft mithilft. Sie weiß auch immer gerne, wo er ist, was er macht, ob er auch keine anderen Götter neben ihr hat. Wenn es um andere Frauen geht, hört sie die Flöhe husten. Dazu muss gar kein Floh in der Nähe sein.

Natürlich ist sie zu Patricia lieb und nett, schließlich ist sie die Tochter ihres geliebten Patrick, aber wenn es um Pamela geht, kann sie giftig werden. Die freundschaftliche (haha) Beziehung, die ihr Mann weiterhin zu seiner Ex unterhält, ist ihr ein Dorn im Auge. Wenn Pamela ein Ziegelstein auf den Kopf fiele, sie würde ihr keine Träne nachweinen. Und diese Affenliebe, die er zu seiner Mutter hat, geht ihr auch gehörig auf den Keks. Seit sie einmal mitgekriegt hat, wie jemand sagte: »Waaas? Sie sind die Mutter? Ich dachte, Sie seien seine Frau?«, könnte sie ihrer Schwiegermutter die Augen auskratzen, wenn sie so neckisch tut und mit Patrick rumschäkert.

»Du solltest mal genau darüber nachdenken. Schließlich kann es sein, dass dich die Polizei nach einem Alibi fragt.«

»Nein, das kann nicht sein. Mutter hat ja den Mord schon gestanden«, sagt Patrick.

»Ja«, sagt Petra. »Sie hat gestanden, dass sie Susanna brutal umgebracht hat. Wehe, wenn sie es wagen sollte, auch nur noch ein einziges Mal einen Fuß über unsere Schwelle zu setzen.«

»Petra«, sagt Patrick, »sie ist meine Mutter, und deshalb ist sie bei uns auch weiterhin jederzeit willkommen.«

»Auch bei dir«, fügt er nach einer Weile in einem Ton hinzu, wie er meiner Meinung nach zwischen Eheleuten ungehörig ist.

***

»Hättest du gedacht, dass deine Mutter dazu imstande ist, Susanna mit dem Messer abzuschlachten?«, fragt Thea.

»Nein«, sagt Thorsten und streicht ihr liebevoll über die Brust. Da die beiden im Bett liegen, sollten wir sie jetzt einen Augenblick allein lassen und erst zuhören, wenn sie wieder etwas sagen.

»Aber das soll nichts heißen«, nimmt Thorsten geraume Zeit später den Faden wieder auf. »Ich halte eigentlich niemanden für imstande, andere Leute mit dem Messer abzuschlachten.«

»Du bist eben zu gut für diese Welt«, sagt Thea und küsst ihn liebevoll auf die Brust.

»Das stimmt nicht.« Thorsten richtet sich im Bett auf. »Wenn es um Mutter geht, habe ich wirklich Schwierigkeiten, den lieben Sohn zu mimen. Ihr Getue geht mir schrecklich auf die Nerven. Sie kommt ins Zimmer, und der Raum ist voll: Hoppla, jetzt komm ich.«

»Aber das stimmt doch gar nicht«, versucht Thea, ihn zu beruhigen. Sie lacht. »Und wenn, dann lass sie. Sie hat es doch auch nicht leicht. Ihr Mann hat sie verlassen. Da kommt sie sich natürlich alt und einsam vor und will von uns bemuttert werden.«

»Ihr Mann hat sie vor Urzeiten verlassen«, sagt Thorsten

empört. »Da müsste sie sich inzwischen eigentlich dran gewöhnt haben. Und wenn sie hören könnte, dass du sie als alt bezeichnest, würde sie dich umbringen.«

»Du traust ihr also doch einen Mord zu«, sagt Thea, und ich weiß nicht, ob sie das im Ernst oder aus Spaß sagt.

Jetzt steht Thorsten auf. Kann sein, um seinen Worten Nachdruck zu verleihen, oder einfach nur, weil er aufs Klo muss: »Diese Hilfloses-Weibchen-Masche, ihr Blick wie ein waidwundes Reh, wenn es nicht nach ihrer Nase geht. Das alles kann ich nicht ausstehen. Wenn du glaubst, sie will bemuttert werden, dann täuschst du dich gewaltig. Sie will hofiert werden. Und wenn sie niemanden dafür hat, sollen ihre Söhne das übernehmen.«

»Also, ich bitte dich! Das geht doch nun wirklich zu weit.« Thea sieht richtig ein bisschen entsetzt aus.

»Tut es nicht«, sagt Thorsten. »Aber dass sie jemanden umgebracht haben soll, das geht zu weit.«

»Sie hat gestanden«, sagt Thea.

»Ja, sie hat gestanden.« Er nickt traurig. »Weißt du, meine Süße«, sagt er und beugt sich für einen Kuss zu ihr hinab, »sie ist mir immer ein bisschen auf die Nerven gegangen. Aber sie ist meine Mutter, und ich habe versucht, beide Eltern gleich zu lieben, obwohl mir Papas Gesellschaft lieber ist. Doch jetzt muss ich mich zwischen den beiden entscheiden. Es ist mir unmöglich, Vater heute in die Augen zu sehen, wenn ich gestern noch mit der Mörderin seiner Susanna Kaffee getrunken habe. Ich will Mutter nicht mehr sehen und werde nie wieder ein Wort mit ihr sprechen.«

»Was soll ich denn machen, wenn sie klingelt?«, fragt Thea entsetzt. »Ich kann ihr doch nicht die Tür vor der Nase zuknallen. Und das arme Tinchen. Die Kleine freut sich doch immer so, wenn die Oma kommt.«

»Liebes, mach es, wie du es für richtig hältst. Aber wenn ich nach Hause komme und sie hier sitzt, gehe ich entweder wieder, oder ich schmeiße sie raus.«

So, nun wird es aber höchste Zeit, sonst passiert noch ein Unglück. Thorsten verschwindet im Bad.

***

Thea und Petra schieben ihre Kinderwagen durch den Schrevenpark. Um jederzeit die Wünsche ihrer Kinder parieren zu können, sind sie unterschiedlich aufmunitioniert. Thea hat eine komplette Packung Leibniz-Kekse dabei, außerdem zwei Bananen und zwei Windeln. Für Tinchen wären zwar ein Keks, eine Banane und eine Windel genug, aber es würde trotzdem nicht reichen. Phinchen kann zwar nur das Wort »Mama« fehlerfrei sprechen, bringt aber ein »Ich will« auch pantomimisch sehr gekonnt rüber.

Weil Petra sich in Sachen Kinderequipment hundertprozentig auf Thea verlassen kann, hat sie nur eine Tüte altes Brot im Gepäck. Derart umfänglich gerüstet schieben beide dem Teich entgegen. Doch während bisher immer Fragen der Kindererziehung und Säuglingspflege bei ihren Gesprächen im Vordergrund standen, gibt es heute natürlich nur noch ein Thema: den grauenvollen Mord an Susanna.

»Es erwischt immer die Falschen«, sagt Petra.

»Was willst du denn damit sagen?«, fragt Thea.

»Wäre doch viel besser gewesen, wenn Susanna Johanna umgebracht hätte«, sagt Petra, öffnet die Leibniz-Packung und reicht Phinchen einen Keks, den die augenblicklich niedermacht.

»Also, ich bitte dich!«, empört sich Thea. »Wie grausam. Und für Hans-Hermann wäre es doch eigentlich das Gleiche. Bis Susanna wieder aus dem Gefängnis kommt, ist sie alt und grau.«

Wenn die Packung nun schon mal offen ist, kann Tinchen auch einen Keks haben. Tinchen greift den gereichten Keks mit spitzen Fingern und leckt vorsichtig daran.

»Glaub ich nicht. So, wie Johanna sich benimmt, wäre

ein Mord die reinste Notwehr, da ist Susanna ruckzuck wieder draußen, wenn sie überhaupt reinkommt.«

»Wieso das denn? Johanna ist doch ganz harmlos. Vielleicht ein bisschen eitel, aber doch im Grunde lieb und nett.« Tinchen ist inzwischen der Keks aus der Hand gefallen, und sie patscht auf der Decke nach ihm herum. Thea gibt ihn ihr wieder.

»Lieb und nett? Eine Ziege ist sie. Sie schneit bei uns rein als Mischung aus Mutter, Oma, Gast und Frau und sucht sich aus allem das Beste heraus. Spielt sich als Mutter auf, die den Sohn vor der garstigen Ehefrau beschützen muss. Macht auf Oma, spielt ein bisschen mit Phinchen, immer mit Seitenblick: Guckt mal, sie mag mich. Ich bin aber auch niedlich mit ihr. Und ständig lässt sie den Gast raushängen, will von vorne bis hinten bedient werden und tut so, als ob sie nicht einmal weiß, wo die Gläser stehen, um sich vielleicht selber einzuschenken. Und dann wieder ganz Frau lässt sie sich mit weinerlichem Ton von Patrick die Balkontür öffnen – ›die Tür geht so schwer auf‹ – und den Liegestuhl in die Sonne rücken. ›Ruf mich, wenn Petra das Essen fertig hat.‹«

Danach schweigt Petra. Sie ist ganz erschöpft davon, den Ton ihrer Schwiegermutter nachzuahmen.

»Mir scheint, du magst sie nicht besonders.« Thea lacht.

»Da hast du recht. Und in meiner Küche mag ich sie überhaupt nicht. ›Ach, ihr benutzt Energiesparlampen?‹ Ihren verachtungsvollen Ton solltest du mal hören. Da weiß man gleich, was sie damit sagen will: Ihr fallt natürlich auf die Reklame rein und lasst euch verarschen. Ich bin schlauer.«

»Also, ich bitte dich. Nur weil einer Energiesparlampen ablehnt, bringt er doch nicht andere Leute um.«

Das Argument ist eigentlich nicht von der Hand zu weisen, aber Petra hat sich gerade in Rage geredet: »Wenn sie sieht, wie ich Gewürze hacke, sagt sie: ›Gott, wie umständlich. Ich schneide meinen Schnittlauch immer mit der Schere. Geht prima – schnipp, schnapp.‹«

»Na ja«, setzt sie bissig nach, »kein Wunder, ihr Messer braucht sie ja für was anderes.«

Inzwischen sind die beiden am Teich angekommen, und ihre Unterhaltung erfährt eine Zäsur. Phinchen ist aus ihrem Buggy geklettert, hat sich rechts und links mit einem Keks bewaffnet und macht alle Anstalten, sich den Entchen entgegen in die Fluten zu stürzen.

***

Es klingelt. Thea nimmt Tinchen auf den Arm, damit sie nicht die Gelegenheit nutzt, vom Wickeltisch zu purzeln, und öffnet die Tür. Vor ihr steht Herr Hertling, alt, grau, um zwanzig Jahre gealtert. »Mein Gott, Hans-Hermann, du Lieber, komm rein.« Sie drückt ihm Tinchen in den Arm und schließt hinter ihm die Tür.

Herr Hertling geht ins Wohnzimmer und lässt sich schwer in den Sessel fallen. Tinchen kuschelt sich in seinen Arm, zappelt ein bisschen mit allen vieren und sieht mit weit aufgerissenen Augen auf das Wasser, das aus Opas Augen läuft.

»Willst du auch einen Tee? Ich hab grad Wasser aufgesetzt. Thorsten hält seinen Mittagsschlaf, muss aber gleich wach werden.«

Herr Hertling nickt und krault Tinchen am Kinn, während er gedankenverloren in eine Ecke stiert.

Als Thorsten ins Zimmer kommt, drückt sein Vater gerade Tinchen einen verweinten Kuss auf die weichen Bäckchen.

»Ach Vater«, sagt Thorsten und legt ihm leicht die Hand auf die Schulter. Dann setzt er sich ebenfalls hin. Die beiden Männer schweigen. Tinchen spielt mit Opas Ohrläppchen, untersucht vorsichtig mit dem kleinen Finger seine Nasenlöcher und blubbert dabei kleine Bläschen aus ihrem Mund.

Herrn Hertlings Magen entkrampft sich, sein Herz wird ruhiger. Hier ist seine Familie. Ein Friede kommt über ihn, wie er ihn in seinem Haus nicht mehr finden kann, wo ihm in jedem Zimmer, aus jedem Winkel seine Frau zulächelt und dann röchelnd in sich zusammensinkt. Er schreit den Wänden seine Trauer entgegen, bis er heiser ist.

»Hier ist Zucker für dich.« Thea hat den Teetisch gedeckt, einen Teller mit Plätzchen in die Mitte gestellt und schiebt nun die Zuckerdose zu ihrem Schwiegervater hinüber. Der schweigt.

Nur sehr langsam finden die drei zu einem Gespräch. Thea erzählt von Tinchen und ihren Krabbelkünsten, schildert ihre ausgiebigen Spaziergänge mit Petra und behauptet sogar, dass Phinchen schon »Entchen« sagen könne.

»Wenn man ganz genau hinhört, kann man es erkennen«, sagt sie lachend.

»In ein paar Monaten hätte sie eine Tante gehabt, die ein Jahr jünger ist als sie«, sagt Herr Hertling und vergräbt sein Gesicht in Tinchens Nacken. Thea verstummt betreten. Wieder herrscht Schweigen.

»Susanna hat sich so sehr auf das Kind gefreut«, sagt Herr Hertling. »Sie war so süß, wie sie sich vor dem Spiegel gedreht und immer wieder gefragt hat, ob man schon was sieht. Ach, sie war so fröhlich.« Er schweigt, weil seine Stimme anfängt zu zittern.

Auch Thorsten und Thea sagen nichts. Sie haben Susanna kaum kennengelernt, denn sie war sehr zurückhaltend, was die Kinder aus erster Ehe anging. Aber der Vater ist glücklich mit ihr gewesen, und sie trauern, weil er trauert.

»Ich glaube, Tinchen sollte jetzt ins Bett«, sagt Thea schließlich und nimmt dem Opa das Kind ab. »Ich lass euch beide mal allein.«

»Was sagst du dazu, dass Mutter es getan hat?«, fragt Thorsten, als Thea aus dem Zimmer ist.

»Was soll ich dazu sagen?«, sagt Herr Hertling und zuckt

mit den Schultern. »Es ist unfassbar. Es ist unglaublich. Es ist im wahrsten Sinne nicht zu glauben. Dann wäre sie ja all die Jahre, die ich nun schon von ihr fort bin, weiterhin traurig gewesen, weil ich sie für Susanna verlassen habe.« Er lehnt sich zurück und atmet schwer. »Das hätte ich doch merken müssen.«

»Das ist doch ganz und gar unmöglich«, fährt er nach einer Weile fort. »Stell dir mal vor, wie sie all die Jahre gelitten haben muss, wenn sie jetzt, wo wir ein Kind kriegen, zu so etwas fähig ist.« Wieder schweigt er und stiert in die gegenüberliegende Ecke. »Ich bin schuld«, sagt er schließlich. »Wenn Susanna sich nicht in mich verliebt hätte, würde sie noch leben. Und eure Mutter wäre nicht die ganzen Jahre unglücklich gewesen, weil ich sie verlassen habe. Ich bin schuld an dem Unglück zweier Menschen. Es ist entsetzlich.«

Thorsten sitzt ein Kloß im Hals. Er weiß gar nicht, was er darauf sagen soll.

»Wenn sie es wirklich getan hat …« Herr Hertling bricht ab. »Wenn sie es wirklich getan hat … Ich weiß gar nicht, wie ich dann weiterleben soll. Sie kann es nicht gewesen sein«, sagt er flüsternd. »Oh Gott, sie darf es nicht gewesen sein.«

SECHS

Das Landgericht Kiel ist ein imposanter Backsteinbau am Schützenwall. Der Schützenwall ist – anders, als der Name vielleicht vermuten ließe – eine vierspurige Straße, immer gut besucht, weil sie direktemang auf die Autobahn führt, die ja das Beste an Kiel sein soll, wie wir wissen. Parallel zum Schützenwall verläuft ein lang gestreckter Park, was für Parkanlagen eher ungewöhnlich ist. Wenn sich die Stadtväter schon mal zu einem Park für Bürgererfreuung aufraffen, dann werden die meist quadratisch oder rund, aber nicht so schmale Schläuche. Aber was soll man machen? Schützen schießen nun mal geradeaus und nicht im Quadrat. Daher haben die Ratsherren nur was Langes, Schmales vorgefunden, das sie der Großen Grünen Schützengilde wegnehmen konnten, um das Gelände umzuwidmen. Nur der Name Schützenwall lässt noch vermuten, dass der eine oder andere Schütze vielleicht doch nicht immer nur geradeaus schoss, sodass ein solcher vonnöten war.

Nun gut, es ist immerhin ein Park. In den Prozesspausen könnten Thea und Petra ihre Kinderwagen mal unter ganz anderen Bäumen zu ganz anderen Enten schieben, denn auch dieser Park hat einen Teich mit Enten, die allerdings auch nicht gefüttert werden dürfen. Aber wie wir Petra kennen, würde sie das nicht davon abhalten, ihrer Tochter diese Freude zu gönnen. Schuld ist eher der Umstand, dass es kaum Pausen im Prozess gegen Frau Hertling gibt. Ihr wird der berühmte kurze Prozess gemacht.

Ihr Verteidiger erscheint am ersten der angesetzten vier Verhandlungstage in vollem Ornat, also mit obligatorischem weißen Schlips um den weißen Hemdkragen und zugeknöpfter Robe, aus der nur unten die schwarzen Lackschuhe herausschauen. So viel Zeit muss sein. Außerdem wuseln überall Fotografen herum und knipsen, was das Zeug hält. Ein Mordprozess ist in Kiel leider viel zu selten und daher ein journalistisches Highlight. Auch das hohe Gericht und der Herr Staatsanwalt sind weiß krawattiert und zugeknöpft, während sie den Journalisten für Wort und Bild zur Verfügung stehen. Doch schon nach der Mittagspause sind die Hemdkragen gelockert, und die Robe bleibt ungeknöpft. Am nächsten Tag von weißem Schlips keine Spur mehr, und die Robe wird wie ein ungeliebter Kittel locker über die Schulter geworfen. Man hat es halt gern bequem bei der Wahrheitsfindung.

Einzig der Verteidiger hat seine Garderobe für die nächsten Termine mit Bedacht gewählt. Eine zu strenge Einhaltung des Reglements – weiße Krawatte und geschlossene Robe – hätte den Vorsitzenden vielleicht düpiert, Jeans und offener Kragen könnten den Eindruck erwecken, er halte die Sache für einen Spaziergang und nehme das Gericht nicht ernst. Daher wählt er eine Art Mittelding: weißes Hemd mit Cordhose, Robe zwar offen, aber nicht lässig. Er ist mit allen Wassern gewaschen und wäre auch verschleiert gekommen, wenn er das Gefühl gehabt hätte, dass es seiner Mandantin nützt.

Sein erster Vorname ist Professor, der zweite Doktor, und erst mit drittem Vornamen heißt er, wie er heißt, woraus du schon erkennen kannst: Er ist nicht nur gut, sondern auch teuer und exklusiv. Der verteidigt nicht jeden dahergelaufenen Mörder, da muss schon was Besonderes kommen. Und dieses Besondere kommt in Form von Herrn Hertling, der ihn bittet, die Verteidigung seiner Exfrau zu übernehmen, die seine Ehefrau samt ungeborenem Kind erstochen hat.

Da ist selbst ein Professor Doktor zunächst einmal ein wenig erstaunt und muss trocken runterschlucken. Doch um der Freundschaft zu dem alten Freund eines Freundes willen, mit dem er um drei Ecken über einen Cousin verwandt ist, wird er tätig. Und wie! Als Erstes haut er Frau

Hertling aus den Fängen von Herrn Schneider, bevor sie sich um Kopf und Kragen gesteht.

Dann drückt er mächtig auf die Tube. Normalerweise lassen Prozesse gehörig auf sich warten. Da kann es schon mal passieren, dass ein potenzieller Straftäter länger in Untersuchungshaft sitzt, als das zu erwartende Strafmaß abdecken kann. Was aber nur für andere Bundesländer gilt. Für Schleswig-Holstein natürlich nicht.

Auch die richterliche Personaldecke wird dünner. Schließlich werden inzwischen selbst Frauen mit derart hoheitlichen Aufgaben betraut, und mit jeder Frau, die man einstellt, häufen sich die Schwangerschaftsurlaube. Man sehnt sich direkt nach der guten alten Zeit eines Dorfrichters Adam zurück.

Außerdem hat Frau Hertling schon bei ihrer Vernehmung angedeutet, dass sie bei der Tat gar nicht gewusst hat, wo ihr der Kopf steht, was jede Menge psychologischer Gutachten und Gegengutachten befürchten lässt und die Anzahl anzusetzender Gerichtstermine mächtig aufplustern könnte. Da zieht man Rauschgiftdelikte vor, wo man den Buschermännern gleich ansieht, dass es Buschermänner sind, denen kurzer Prozess gemacht werden kann. Hier ist natürlich sowieso Eile geboten, bevor noch ein *»Legalize it«* die ganze Strafbarkeit zunichtemacht.

Ausschlaggebend für die Befürchtung des Verteidigers, der Prozessbeginn könnte sich hinziehen, war sein Besuch der sanitären Einrichtungen des LG Kiel. Auf den Schildern über den Pissbecken im Landgericht steht:

> Bitte nach dem Aus- bzw. Wegtreten nicht vergessen, den Fuß zu aktivieren und damit die Spültaste zu betätigen.
> (Sie finden diese silberfarbene Taste auf dem Fußboden!)

Wer sich mit dem Abfassen derart ausgefeilter Formulierungen herumschlagen muss, kommt zu nichts mehr. Der Professor Doktor macht also Druck und schafft es, dass der Prozess vorgezogen wird.

Ja, er ist ein wirklich guter Anwalt.

Unverzüglich lässt er ein psychologisches Gutachten erstellen, studiert Obduktionsbericht und Polizeiberichte, klappert Frau Hertlings Bekanntenkreis und Kollegen ab. Irgendwas wird sich finden lassen. Bisher hat er immer was gefunden. Er deutet sogar an, dass er es sich ohne Weiteres zutraut, Frau Hertling als das reinste Unschuldslamm dastehen zulassen, das den Gerichtssaal als freier Mann beziehungsweise in diesem Fall freie Frau verlässt, doch da schüttelt Frau Hertling nur den Kopf. Das will sie nicht. So muss er sich darauf beschränken, alles daranzusetzen, das Strafmaß zu drücken.

Also kommt er nicht nur mit sorgfältig ausgewählter Kleidung, sondern auch mit jeder Menge Entlastungsmaterial gut gerüstet in den Gerichtssaal. Frau Hertling erscheint auf sein Anraten hin in unauffälligem Kostüm mit Maulkorb. Den hat er ihr verpasst. Kein Wort! Er regelt das alles.

Der Zuschauerraum ist proppenvoll. Außer Pamela, die mit ihrer Anwesenheit nicht noch zusätzlich Öl ins Feuer gießen will, ist die gesamte Familie im Zuschauerraum versammelt: Patrick, Petra, Thorsten, Thea sowie Herr Hertling – wohlgemerkt als Zuschauer, nicht als Nebenkläger – und natürlich Tinchen und Phinchen. An sich hatten die beiden Mütter vorgehabt, die Kinder zu Hause zu lassen, obwohl es natürlich einen besonderen Reiz hat, die Veranstaltung durch die beiden sprengen zu lassen. Aber Richter sind ja unberechenbar. Nachher würden sie mit ihren zwei Schreihälsen den Saal verlassen müssen. Da aber kein Babysitter aufzutreiben war, nehmen sie dieses Risiko in Kauf. Vorsichtshalber hat Thea zwei Schnuller dabei.

Überflüssig zu sagen, dass auch Frau Kleinheim anwesend ist, um ihrem Chef in dieser schweren Stunde zur Seite zu stehen.

Während alle Prozessbeteiligten durch den Haupteingang gehen, werden die Zuschauer durch Nebengelasse geschleust, um sich filzen zu lassen, ob sie vielleicht eine Kamera dabeihaben, weshalb alle Handys kassiert werden. Auch faule Tomaten sind nicht erlaubt, mit denen man seinen Unmut über diese Kinds- und Gattinnenmörderin äußern könnte. Und sowieso alles, womit man einem Hohen Gericht klarmachen kann, dass einem die Prozessführung nicht passt.

Breitbeinig mit ausgestreckten Armen müssen sie sich von oben bis unten abtasten lassen. Selbst Tinchen und Phinchen wird in die Windel geschaut, für alle Beteiligten sehr unangenehm, besonders bei Phinchen, die die lange Warterei vor der Kontrolle für einen ausgiebigen Stuhlgang genutzt hat. Gut, dass Thea wieder perfekt ausgestattet ist und mit einer Zweitwindel aushelfen kann.

Aus dem Fernsehen weiß man, dass in Amerika Verteidiger und Staatsanwalt den Prozess beherrschen, während der Richter nur die Einhaltung der Spielregeln überwacht und ab und an mal mit seinem Hämmerchen auf den Tisch klopfen darf. In Deutschland ist das anders. Da zeugt schon das Mobiliar davon, wer hier das Sagen hat.

Ein Richter ist in Deutschland noch richtig zum Richten da. Er sitzt mit seinen Schöffen und dem Herrn Staatsanwalt erhöht und schaut von oben auf Angeklagte und Strafverteidiger herab. Ob er milde oder strafend blickt, entscheidet er von Fall zu Fall. Dafür muss er aber auch – anders als in den USA – schuften wie ein Ackergaul: die Zeugen vernehmen, Akten wälzen und polizeiliche Vernehmungsprotokolle verlesen, zwischendurch allenfalls vom Verteidiger gestoppt, wenn der eine Regelwidrigkeit vermutet.

Heute allerdings hat der Richter nicht viel zu wälzen.

Ein klägliches Äktlein liegt auf dem hohen Richtertisch. Es ist alles so sonnenklar. Kurz schildert Frau Hertling ihre Untat, ohne sich in unappetitlichen Details zu ergehen, und Fragen beantwortet sie nur mit einem kleinen Nicken, weil Tränen ihr die Stimme rauben.

Der Herr Professor Doktor befragt die Zeugin, nachdem der Richter mit ihr fertig ist. Auch er fasst sich kurz. Seine große Stunde schlägt beim Plädoyer. Alle Hertlinge einschließlich Frau Hertling staunen nicht schlecht, als ihnen im Laufe seiner langen Ausführungen klar wird, dass der Herr Oberkommissar Schneider alle Attribute eines hinterlistigen Schweins aufweist, während Frau Hertling eher so etwas wie eine Heilige ist.

Die letzten Worte, die die Große Strafkammer dann zu ihrer Entscheidungsfindung in ihr Kämmerlein mitnimmt, gehören der Angeklagten. Frau Hertling steht auf, streicht ihren schlichten Rock glatt und spricht ihren ersten und letzten Satz in diesen heiligen Hallen. »Ich bin so unglücklich«, sagt sie, was viel Raum für Spekulationen über die Ursache lässt.

Danach zieht sich das hohe Gericht zur Urteilsfindung zurück.

Es findet ein mildes Urteil.

Als Herr Hertling seine ehemalige Frau zum Abschied, bevor sie in die Justizvollzugsanstalt zurückkehrt, in den Arm nimmt und die beiden in Eintracht eine Weile verharren, weiß es, dass es das richtige gefunden hat.

***

Zur Urteilsverkündung ist noch ein weiterer Gast unter den Zuschauern: Herr Schmidt. Das will er sich nicht entgehen lassen, wo er doch einer der Ersten war, die wussten, dass Frau Hertling den Mord begangen hat. Das Urteil gefällt ihm gar nicht. Wo kommen wir denn hin, wenn jeder Mörder nach vier Jahren wieder auf freiem Fuß ist? Ach, was heißt vier Jahre? Bei guter Führung wird ihr der Rest der Strafe erlassen, und sie kommt vielleicht schon nach drei Jahren wieder raus.

Wenn er sie so anschaut, wie sie dasteht im Arm von Herrn Hertling, dann wird sie sich bestimmt nicht nur gut, sondern geradezu mustergültig führen.

Warum stört ihn eigentlich der Anblick der beiden so? Seine Stirn legt sich in Falten. Das tut sie immer, wenn er nachdenkt. Hatte Herr Hertling nicht gesagt, seine Frau habe nie Röcke getragen? Wenn das kein Rock ist, was die da anhat, will er Meyer heißen. Ach richtig, sie trägt keine Röcke wegen der dazu erforderlichen Schuhe mit hohen Absätzen. Sein Blick gleitet nach unten. Frau Hertling trägt flache Ballerina-Schuhe mit kleinen Schleifchen vorne drauf. Das sieht doch ganz passabel aus! Das kann man doch tragen! Auf den zweiten Blick muss er allerdings zugeben, dass es doch ein klein wenig plump aussieht.

Er nimmt die Füße der Damenwelt im Zuschauerraum in Augenschein. Flache Slipper und hochhackige Pumps in bunter Mischung. Die beiden Frauen mit den kleinen Kindern tragen Sportschuhe. Klar, wer jederzeit bereit sein muss, sein Kind wippend durch die Gegend zu tragen oder in schnellem Sprint einzufangen, bevor es sich unter ein Auto wirft, braucht belastbares Schuhwerk.

Die Frau, die die ganze Zeit neben Herrn Hertling gesessen hat und erst aufgestanden ist, als er sich von seiner Frau verabschiedet, hat die höchsten Absätze. Meine Güte, guckt die biestig. Na, das würde er auch, wenn er derart unbequeme Schuhe anhaben müsste.

***

Wie herrlich wäre es, wenn es vollautomatische Knäste gäbe. Nur noch so eine Art Ober-Oberwärter, der all die

Bösewichter im Auge hat und nebenbei noch eben die Spülmaschine der Knastküche anschmeißen muss, alles andere wird maschinell erledigt – wie von Zauberhand. Ähnlich wie in den heutigen Casinos, wo die verlorenen Chips in einem großen Trichter verschwinden und dann wie die Wolkenkratzer von Manhattan neben dem Roulette-Kessel wieder emporsteigen – alles automatisch, da muss sich keiner mehr die Finger an den Jetons schmutzig machen.

Wenn man dagegen an die Spielbank von damals denkt, wo die Croupiers für dich noch die Chips gesetzt haben, dir den Gewinn mit den Worten »Für Sie, Madame« hinschoben und dann leise fragten: »Was habt ihr denn nachher noch so vor, Mädels?« Heute sitzt nur noch der Obermacker oben auf seinem Stühlchen, der mit bärbeißigem Gesicht mindestens drei Spieltische im Blick hat. Der ist zu weit oben. Der kann dir gar nichts mehr flüstern. Und von dem möchtest du vielleicht auch gar nichts geflüstert kriegen.

Oder zum Beispiel die Fördedampfer. Früher ein Drei-Mann-Betrieb mit Kapitän, Festmacher und Bierverkäufer. Da war noch Wissen in Sachen Seemannschaft gefordert. Eine Spring über den Poller werfen, in die der Kapitän reindampfen kann, hinten festmachen, Gangway raus und dann noch freundlich »Guten Tag« und »Auf Wiedersehen« zu den Fahrgästen.

Heute alles total überflüssig. Der moderne Fördedampfer hat Seitenstrahlruder. Da wird nichts mehr festgemacht, weder vorne noch hinten. Die Schraube drückt den Pott gegen den Steg, und die Elektrik lässt die Gangway herab. Da muss dann auch nicht mehr »Guten Tag« und »Auf Wiedersehen« gewünscht werden. Von wem auch? Der Kapitän hat oben auf der Brücke genug zu tun, schließlich ist er das einzige Personal an Bord – neben den zwei Automaten: einem für die Fahrkarten und einem fürs Bier.

Und kennst du noch die gute alte Bahnsteigkarte? Was da an Personalaufwand dranhing! Alles perdu.

Nur im Knast waltet noch der gute alte Schließer vom Dienst. Alles weiterhin von Hand. Und natürlich wird die Personaldecke immer löchriger, und das bei steigender Kriminalität. Passt ganz schlecht zusammen: Personalmangel und Überbelegung. Diese drangvolle Enge. Im Kittchen ist kein Zimmer frei. Auch im Kieler Kittchen nicht. Und für Frauen schon gar nicht. Für die sowieso nicht, denn die werden alle in die eigens für sie vorgesehene Abteilung nach Lübeck gekarrt.

Frau Hertling benimmt sich vorbildlich. Bald hat sie ihr Wohnklo häuslich eingerichtet und es sich ein bisschen nett gemacht. Vielleicht nicht gerade Blümchen auf dem Tisch, aber ein kleines Nachttischlämpchen hat sie sich von zu Hause bringen lassen ebenso wie drei Bücher, die sie zum Einschlafen zu lesen gedenkt. Den Wecker muss sie nicht stellen, die Anstaltsschelle ist laut genug.

Vom Servicepersonal der Anstalt wird sie hoch geschätzt. Dass sie ausbüxt oder renitent wird, ist nicht zu befürchten. Und wenn sie mit kummervollen Rehaugen ein wenig Milch in ihren Tee wünscht, wer wären die Wärterinnen, ihr diese kleine Bitte abzuschlagen.

Aber es gibt natürlich auch Nachteile. Der Fernseher in ihrem Kabuff ist doch recht klein, und zwei der drei Bücher erweisen sich als Fehlgriff. Das ist natürlich ein Drama, weil das heimatliche Bücherregal fehlt, und schnell mal zur Bücherei kann sie auch nicht. Über das Essen möchte sie kein Wort verlieren, so was hat man ihr noch nie zugemutet, und dass Patrick so selten zu Besuch kommt, ist gelinde gesagt eine Frechheit. Also bitte! Für wen nimmt sie das schließlich alles auf sich?

So bald wie möglich stellt sie einen Antrag auf Verlegung in den offenen Vollzug.

***

Frau Hertling hat Glück. Wenn man sie fragte, würde sie sagen, sie habe immer Glück, und als Beweis anführen, dass sie, im Gegensatz zu allen anderen, die sie kennt, immer einen Parkplatz finde. Und zwar nicht jwd, sondern direkt davor. Immer! Ohne Ausnahme! Nun, das möchte ich zwar ein wenig bezweifeln, aber in diesem besonderen Fall hat sie tatsächlich recht. Der Zeitpunkt ihrer Antragstellung ist glücklich gewählt.

Denn die Kommission tagt. So eine Kommission tagt beileibe nicht ständig, die Abstände sind nach Meinung der Anstaltsinsassen viel zu groß, aber jetzt gerade tagt sie. Und sie tagt in ausgesprochen erfreulicher Zusammensetzung. Die Damen und Herren Entscheidungsträger haben ein gutes Herz und Mitleid, Mitleid vor allem mit dem Personal der Justizvollzugsanstalt.

Eine Dame der besseren Gesellschaft, sozusagen eine Mörderin aus den allerbesten Kreisen, kann anstrengend werden. Es kann vorkommen, dass sie zu dem Tröpfchen Milch auch noch Zucker für ihren Tee braucht, »nur ein ganz kleines Löffelchen«. Dabei hat sie so eine Art … und dieser trauerumflorte Blick …

Die Kommission besieht sich Frau Hertling genau und denkt, dass sie der schleswig-holsteinischen Justizvollzugsanstalt lange genug auf die Nerven gegangen ist. Bei der heutigen Personalsituation müssen den ohnehin schon gestressten Justizbeamten nicht ständig auch noch eingefleischt bessere Damen unter den Füßen rumlaufen. Es reicht, wenn man ihr nächtens ein Bett zur Verfügung stellen muss. Allerdings mit durchgelegener Matratze, damit sie wenigstens so ein bisschen das Gefühl von Strafe hat.

Außerdem ist im offenen Vollzug gerade ein Zimmer frei geworden. Ein Freigänger hatte die Unvorsichtigkeit begangen, sich mit zwei Gläschen Eierlikör zu besaufen, was die sofortige Versetzung in die Geschlossene zur Folge hatte. Wer trinkt, hascht oder ein Flugticket bestellt, wer keine geregelte Arbeit nachweisen kann oder im Restaurant vergisst zu zahlen, hat seine Freiheit verspielt.

Bei Frau Hertling ist alles bestens. Sie säuft und kifft nicht und ist Besitzerin eines halben Reihenhauses und etlicher Enkelkinder, die sie nicht wegen der paar Jährchen, die sie auf einer halben Pobacke absitzt, im Stich lassen wird. Eine Wiederholungstat ist ausgeschlossen. Ein zweites Mal wird sie Susanna schwerlich erstechen können. Alles beste Voraussetzungen für die Offene. Auch ihr Arbeitgeber spielt mit.

Da sie so lange der Arbeit fern war, hat sich manches angesammelt, und ihre Kanzlei bittet sie, nun ganztägig zu erscheinen, um alles aufzuarbeiten. Für die erforderliche geregelte Arbeit in Vollzeit ist also gesorgt. Mit dem Zug wird sie morgens vor Tau und Tag die Anstalt verlassen und jeden Abend pünktlich um neunzehn Uhr wieder in der Lübecker Justizvollzugsanstalt, Abteilung offene Frauen, erscheinen.

Am Wochenende hat sie frei.

Natürlich hat sie am Wochenende frei. Die Kanzlei wird nicht wegen einer Freigängerin am Samstag und Sonntag arbeiten. Nein, nein, das meine ich nicht. Am Wochenende hat sie frei von der Anstalt und kann sich voll und ganz ihrem halben Reihenhaus und der Familie widmen.

Die Kommission beschließt einstimmig, dass Frau Hertling schon nach kürzester Inhaftierung reif für den offenen Vollzug ist.

Sie nimmt ihre Schreibtischlampe und zieht um.

***

Ja, so ist das. Weggesperrt war gestern. Heutzutage sind die Mörder wieder unter uns. Aber trotzdem bringt auch eine offene Gefängnisstrafe das normale Leben in Unordnung.

Oder vielleicht grad umgekehrt. Das Geregelte ist es, was Frau Hertling gewaltig auf die Nerven geht.

Jeden Morgen (außer samstags und sonntags) verlässt sie die JVA, Abteilung offene Frauen, steigt in den Sieben-Uhr-vier nach Kiel, geht in ihre Kanzlei, arbeitet und arbeitet bis zum Feierabend, geht zum Bahnhof, steigt in den Zug zurück zu den offenen Frauen und schaltet die Schreibtischlampe an.

Dann sieht sie fern, aber das Programm kann man in der Pfeife rauchen. Die endlosen Werbepausen der Privaten machen sie ganz kirre, die heile Welt von ARD und ZDF ist kaum zu ertragen, und die dritten Öffentlich-Rechtlichen gehen entweder gar nicht oder nur sehr unvollkommen. Außerdem hat der Fernseher ungefähr Briefmarkengröße.

Also wirklich, ist das ein Leben? Wobei sie Frühstück und Abendessen in ihre Überlegungen noch gar nicht mit einbezogen hat. Über die Qualität dieser Verköstigung möchte sie nun wirklich kein einziges Wort verlieren.

Sie beschließt, dass sich etwas ändern muss. Freigang schön und gut, der ist allemal besser als die Alternative, aber nach kurzer Zeit hat sie davon die Nase gestrichen voll. Doch wofür gibt es denn die Schöne Neue Welt? Natürlich nicht in der JVA. Da ist alles vom alten Schlag und *wireless* hat noch seine ursprüngliche Bedeutung mit Betonung auf *less*. Aber ihre Kanzlei ist mit allem ausgestattet, was das Herz begehrt. Telefon, E-Mail, Skype, Facebook, WhatsApp, alles Dinge wie geschaffen für Menschen, die hinter ihrem Schreibtisch festgenagelt sind.

Frau Hertling greift zum Telefonhörer, ruft ihren Lieblingssohn im Geschäft an und erfährt, dass er nicht da ist. Wahrscheinlich zum Mittagessen zu Hause. Sie wählt seine häusliche Nummer und hat Petra an der Strippe. Petra ist kurz angebunden, wobei ich mir nicht sicher bin, ob das das richtige Wort ist. »Unfreundlich« würde auch passen. Ausgesprochen unfreundlich sogar. Sie erklärt knapp, dass Patrick nicht da ist und sie keine Zeit habe.

»Dann hol doch mal Phinchen an den Apparat«, sagt die Großmutter.

»Ist nicht dein Ernst, oder? Phinchen kann ›Mama‹, ›Papa‹ und ›Entchen‹. Da wären die Gespräche etwas zu einseitig. Zu so was hat Phinchen keine Lust.«

»Dann lass mich mit ihr über Skype sprechen, da können wir uns sehen, das wird ihr sicher Spaß machen«, schlägt Frau Hertling vor.

»Nein«, sagt Petra, »Phinchen macht gerade Mittagsschlaf.«

Frau Hertling lässt nicht locker: »Dann ruf ich wieder an, wenn sie wach ist.«

»Wenn Phinchen wach ist, hat sie keine Zeit.«

»Was ist denn das für ein Unsinn?«, sagt Frau Hertling empört. »Phinchen ist anderthalb, und ich bin ihre Großmutter, da wird sie ja wohl alle Zeit der Welt haben.«

»Ja, du bist ihre Großmutter, aber ich bin ihre Mutter, und ich weiß, wann Phinchen Zeit hat. Für dich hat sie keine Zeit.« Basta, hätte Petra beinah noch gesagt, aber es ist nicht mehr nötig.

Frau Hertling legt auf. Hat sie das nötig, sich derart anpampen zu lassen? Nein, das hat sie nicht. Aber was nun? Sie schreibt eine Mail an Thorsten und eine zweite an ihren Mann, Pardon, ihren Exmann, und wartet auf Antwort, die aber nicht kommt. Erstens ist der Mailverkehr nur die geänderte Form des früheren Briefverkehrs, zwar schneller, aber so schnell nun auch wieder nicht. Zweitens hält Thorsten gerade sein wohlverdientes Lehrer-Mittagsschläfchen, und es ist mehr als fraglich, ob er heute überhaupt noch seinen Computer einschaltet. Und drittens sitzt Frau Kleinheim als Filter vor den E-Mails für ihren Chef, und die beschließt, dass er diese Mail lieber nicht bekommen sollte.

Frau Hertling guckt ungnädig. Da hat man Zugang zu allem, was die heutige Kommunikationswelt zu bieten hat, ist Besitzer zweier Kinder und etlicher Enkelkinder, aber wenn man mal Zuspruch und Unterhaltung braucht – tote Hose. Sie wählt Pamelas Nummer. Die weiß sie wenigstens zu schätzen und freut sich über eine Großmutter, die sich um ihr Enkelkind kümmert, auch und gerade um das, das jetzt durch die Neuvermählung des Sohnes ins Abseits geraten ist. Schließlich ist es doch etwas Wunderbares, wenn die Schwiegermutter weiterhin auch zu den Schwiegertöchtern hält, die nicht mehr aktuell sind. Frau Hertling lässt es eine ganze Weile klingeln, aber keiner nimmt ab. Die sind offensichtlich nicht zu Hause.

Kurz überlegt sie, ob sie noch mal die Handynummern der Verwandtschaft durchklingeln soll, lässt es dann aber bleiben. Handy ist so unpersönlich, und die Gespräche sind immer nur ganz kurz. Das Handy benutzt sie nur, wenn sie etwas will, aber jetzt will sie ja nichts, also nichts Richtiges, sie will unterhalten werden, aber für einen schönen Plausch sind die Teile ganz ungeeignet. Es knackt und knirscht, schaltet immer zwischen den Sprechern hin und her, für ein gegenseitiges Sich-ins-Wort-Fallen – das Steckenpferd jeder erfreulichen Unterhaltung – ganz ungeeignet, keine reine Freude. Was tun?

Nur weil die Kanzlei so freundlich ist, ihren Job zu einem geregelten Ganztagsjob auszuweiten und damit den Grundstein dafür zu legen, dass sie überhaupt offenen Vollzug bekommen hat, ist sie ja nun nicht verpflichtet, ständig anwesend zu sein. Sie ist schließlich durchaus in der Lage, selbst zu entscheiden, wo, wann und wie schnell sie ihre geregelte Arbeit erledigt und ob sie nicht zwischendurch mal zwei, drei Stunden anderweitig verbringen muss. Die Kanzlei wird sie nicht verpetzen, denkt sie.

Und sie denkt richtig.

***

Was macht man als Mörder, wenn die Verwandtschaft nicht zu greifen ist, man sich aber trotzdem hin und wieder eine Auszeit nehmen muss, um sich wohlzufühlen? Zumal in Kiel? Da ist man mit den Sehenswürdigkeiten schnell durch. Das Schifffahrtsmuseum hat sie schon abgehakt, eine Führung auf der Holtenauer Schleuse ist auch bald erledigt. War ganz interessant: Die großen Schiffe schleichen in die Schleuse, das Tor fährt langsam zu, und dann hebt oder senkt sich der Wasserspiegel ein wenig. Ein sehr wenig, überaus wenig, kaum merkbar sozusagen.

Warum es für die paar Zentimeter überhaupt eine Schleusung braucht, ist eigentlich unbegreiflich, auch wenn der Schleusenonkel behauptet, dass der Wasserstandsunterschied eine zu starke Strömung im Kanal verursachen würde. Der kann ihr viel erzählen. Also, wie gesagt, ganz interessant, aber irgendwie doch ein bisschen zu viel Technik. Mit der Schleuse ist sie nun auch durch.

Sie wird ihre Auszeiten künftig anderweitig verbringen.

***

Das mit Herrn Hertling ist wirklich ein Trauerspiel. So ein tüchtiger Beamter und nun beinah nicht mehr zu gebrauchen. Der muss was um die Ohren haben, sonst erwacht er überhaupt nicht mehr aus seiner Lethargie.

Da kommt Frau Bildungsministerin auf die glorreiche Idee, ihn zu einer der vielen Hauptausschuss-Sitzungen der ständigen Konferenz der Kultusminister zu schicken. Es geht vornehmlich um das Auswürfeln der Ferientermine, das findet sie sowieso nicht so hochspannend. Da kann er nicht viel falsch machen. Außerdem ist sie sowieso stinkig, dass sie sich die kulturellen Angelegenheiten mit einer anderen Ministerin teilen muss und ihr von der ganzen Kultur nur noch das kümmerliche bisschen Ministerium für Schule und Berufsbildung übrig geblieben ist. Da schickt sie halt nur die zweite Garnitur, bitte sehr, das haben die nun davon.

Die zweite Garnitur ist ein wenig erschreckt über diese Abordnung. Das Land Schleswig-Holstein wechselt seine Bildungsminister und deren Zuständigkeiten öfter als manche anderen Leute ihre Unterhemden, und ausgerechnet jetzt, wo er in einer so schwierigen persönlichen Phase ist, drückt ihm die neue Tante eine Dienstreise aufs Auge. Früher hätte er sich danach alle zehn Finger abgeleckt, aber heute …

Der Gedanke an »Finger« lässt ihn innerlich erzittern, und er bittet Frau Kleinheim, diesen Schatz von einer Sekretärin, ihn zu begleiten. Das gibt ihm Sicherheit und Halt.

Und wie!

Nachher kann er sich das gar nicht mehr erklären. Du meine Güte, wie konnte das nur passieren? Am Tag ist sie noch gewohnt zuverlässig, zieht zur rechten Zeit die rechten Unterlagen aus der Tasche, weist mit dem Finger auf die Stelle, die gerade erörtert wird, und haut ihn raus, wenn er nicht weiß, was Sache ist. Und dann das!

Nach dem Abendessen an der Bar hat sie ihn erzählen lassen. Seinen ganzen Kummer hat er vor ihr ausbreiten können. In stiller Anteilnahme hat sie zugehört, ihm tröstend die Hand auf die Schulter gelegt und an den richtigen Stellen »Ach wie traurig, Sie armer Mann« gesagt. Er meinte sich sogar zu erinnern, dass sie, als bei ihm schon alle Dämme gebrochen waren, »Du armer lieber Hans« zu ihm gesagt hatte. Aber da war schon alles zu spät gewesen. Dieses trutschige, unscheinbare Mäuschen hat ihn tatsächlich ins Bett gekriegt.

Am nächsten Morgen sitzt er entsprechend einsilbig am Frühstückstisch. Eine Scheiße, das alles. Mit der eigenen Sekretärin! Eine Katastrophe! Sie ist bester Laune, plappert und erzählt, streicht wie zufällig über seine Hand und macht auf trautes Ehepaar. Als sie aufspringt und sagt: »Ich hol mir noch einen Orangensaft und bring dir einen mit«, weiß er, dass er handeln muss.

»Frau Kleinheim«, sagt er, als sie mit zwei Gläsern zurückkommt, »Frau Kleinheim, ich möchte mich in aller Form für den nächtlichen Ausrutscher entschuldigen.«

Sie sieht ihn entsetzt mit großen Augen an. »Nächtlicher Ausrutscher?«, sagt sie, und er kommt sich richtig schäbig vor. Als hätte er ihr einen Hunderter rübergeschoben.

»Hat es dir …«, ihre Stimme zittert, »hat es Ihnen nicht gefallen?«

»Doch, doch, natürlich«, antwortet er kläglich. Das ist nicht einmal gelogen. Er hat sich wohlgefühlt. Seit Susannas schrecklichem Tod war es die erste Nacht, in der er nicht von grauenvollen Bildern geplagt wurde, in der er nicht ständig aufgewacht ist und von Weinkrämpfen geschüttelt wurde. Es war eine Nacht des Friedens. Er hat so etwas wie Ruhe und Vertrautheit verspürt. Fast wie zu der Zeit, als Susanna noch …

Aber es geht nicht.

Es darf nicht sein. Sie ist seine Sekretärin. Eine vorzügliche Sekretärin. Wer weiß, wie sich alles ändert, wenn er ein Verhältnis mit ihr anfängt. Kurzerhand übernimmt sie die Macht, und er ist ihr Hampelmann. Jetzt beim Frühstück meint er schon einen leisen Vorgeschmack auf Zukünftiges bekommen zu haben. Dieses muntere Geplapper wäre bis gestern undenkbar gewesen. Und ihr »Ich bring dir einen Orangensaft mit« sprach ja wohl Bände. »Darf ich Ihnen einen O-Saft mitbringen?« wäre vielleicht in Anbetracht ihrer langen gemeinsamen Arbeit etwas zu devot gewesen, aber ein »soll ich« wäre doch angebracht gewesen.

»Frau Kleinheim«, setzt er erneut an, »so leid es mir tut, aber ich bin noch nicht bereit für eine neue Beziehung.«

»Hans«, sagt sie, und er kann gerade noch die Hand wegziehen, bevor sie sie streichelt, »ich kann warten. Ich habe schon so lange gewartet.«

Jetzt rutscht sein Herz endgültig in die Hose. Wie kommt er denn nun aus der Nummer wieder raus?

»Frau Kleinheim«, sagt er und überlegt verzweifelt, was er nun sagen soll. »Frau Kleinheim, ich hoffe, Sie können nachempfinden, dass es mir im Augenblick in der gegenwärtigen Situation überaus schwerfällt …« Na, bitte, jetzt zahlt sich seine Rhetorikschulung doch noch aus: Wenn du nicht weißt, was du sagen sollst, sagst du erst mal mit vielen Worten nichts, bis dir einfällt, was du sagen könntest. »… meine Gefühle von jetzt auf gleich, sozusagen im Handumdrehen, von der einen Seite zur anderen …« Langsam kommt ihm eine Idee. »… auf Sie zu übertragen. Und sehen Sie, vor allem meine Kinder hätten gar kein Verständnis. Außerdem ist da noch Johanna. Ich kann Johanna jetzt nicht derart vor den Kopf stoßen.«

Er schweigt für den Rest des Frühstücks, und auch Frau Kleinheim sagt kaum noch etwas. Nachdem das stille Frühstück zu Ende ist, nimmt er sich vor, fürderhin genauso zu verfahren. Er wird ab jetzt kühl und abweisend zu ihr sein. Dann wird sie es ja wohl endlich begreifen.

Hofft er.

***

Was zieht eine Mörderin an, wenn sie den Mann besuchen will, den sie zum Witwer gemacht hat? Unschlüssig steht Frau Hertling vorm Kleiderschrank. Ihren Aufzug vor Gericht in diesem schrecklichen Kostüm soll ihr Mann so bald wie möglich wieder vergessen. In Anbetracht der schon etwas kühleren Temperaturen wählt sie schließlich Jeans, die sie in die Stiefel schieben kann, und für obenherum die schlichte Satinbluse und ihr Nerzwestchen.

»Hallöchen.« Freudig streckt sie Frau Kleinheim, die

gerade die Blumen auf der Fensterbank gießt, die Hände entgegen. »Wir haben uns ja eine Ewigkeit nicht mehr gesehen, nur immer durchs Telefon«, kichert sie. »Wie geht es Ihnen denn so?«

Frau Kleinheim stellt umständlich die Gießkanne auf das kleine Tischchen, streift die Hände an ihrem Rock ab und gibt schließlich Frau Hertling, die immer noch mit ausgestreckten Armen dasteht, die Hand.

»Danke«, sagt sie. »Gut.«

Frau Hertling sieht sich um. »Na, hier hat sich ja überhaupt nichts verändert. Alles noch so wie vor zehn Jahren. Immer noch das alte Monstrum von Monitor. Da gibt es doch jetzt die schönen flachen.«

»Ja«, sagt Frau Kleinheim.

»Und das Monstrum von Chef ist Ihnen auch erhalten geblieben, was? Dieser alte Schwerenöter«, sagt Frau Hertling in kumpelhaftem Ton.

»Wie Sie meinen«, sagt Frau Kleinheim.

Sie ist erheblich kleiner als die große Frau Hertling, aber kerzengerade und unnahbar lässt sie Frau Hertlings freundlichen Small Talk an sich abtropfen.

»Tja, dann …« Ein wenig verloren steht sie da im Vorzimmer, die Mörderin der Frau des Chefs von Frau Kleinheim. »Dann geh ich mal rein zu ihm.«

Frau Hertling steuert auf die Tür zu, die Herr Hertling seit dem Tod seiner Frau immer geschlossen hält, weil er meist nur an seinem Schreibtisch sitzt und nichts tut, außer das Gesicht in den Händen zu vergraben.

»Einen Moment«, sagt Frau Kleinheim energisch und schiebt sich ihr in den Weg. »Warten Sie bitte. Ich melde Sie an.«

Bis Frau Kleinheim ihren Schreibtisch umrundet, sich den Rock hinten glatt gestrichen und auf dem Schreibtischsessel Platz genommen hat, um endlich nach dem Hörer zu greifen und »Ihre frühere Frau ist hier« zu sagen, vergeht eine ganze Weile, in der Frau Hertling reichlich Gelegenheit hat, weiterhin verloren im Vorzimmer herumzustehen.

»Was willst du denn hier?«, fragt Herr Hertling seine ehemalige Frau, als sie endlich an dem Zerberus vorbeigekommen ist.

»Ist ja eine tolle Begrüßung«, sagt Frau Hertling.

»Hmm«, sagt Herr Hertling und murmelt dann leise: »Ich wollte dich eigentlich nie wiedersehen.«

»Du hast mir diesen vorzüglichen Anwalt besorgt und hast mich im Gericht in den Arm genommen. Da habe ich doch wohl nicht wissen können, dass ich dich nicht besuchen darf.«

»Nein, das konntest du nicht wissen. Und natürlich kannst du immer zu mir kommen, wenn es etwas gibt, wo ich helfen kann. Aber ich kann deinen Anblick nur schwer ...« Er bricht ab und greift zum Telefon. »Frau Kleinheim, seien Sie doch so lieb und bringen Sie uns zwei Kaffee.«

Er dreht sich wieder zu Johanna. »Ich habe dich geliebt, und du bist meine erste Frau, die Mutter meiner Kinder. Ich mag dich immer noch sehr, da ist es doch nur selbstverständlich, dass ich mich um dich kümmere, wenn du in Not bist. Es ist mir schrecklich, wenn ich daran denke, wie sehr ich dich verletzt haben muss, dass du auch noch heute zu einer derartigen Tat fähig bist.«

»Ich hab Susanna nicht umgebracht«, sagt Frau Hertling.

»Ich war so glücklich mit Susanna, jeder Tag mit ihr war eine Freude, und wenn erst das Kind ... was hast du gesagt?«

»Du Lieber«, sagt Frau Hertling, steht auf, geht um den Schreibtisch herum und legt ihrem Mann liebevoll den Arm auf die Schulter, »ich trauere mit dir um deine liebe, schöne Susanna. Natürlich war ich unendlich traurig, als du mich verlassen hast, aber deshalb bringe ich doch niemanden um.«

Es ist ein schönes Bild liebevoller Zweisamkeit, das sich

Frau Kleinheim bietet, als sie mit dem Kaffee hereinkommt. Wenn sie sich nicht immer und zu jeder Zeit vollständig unter Kontrolle hätte, wäre ihr glatt das Tablett aus der Hand gerutscht.

So aber schafft sie es gerade noch, die beiden Kaffeetassen mit nur ganz leicht zitternder Hand auf dem Schreibtisch abzustellen, bevor sie macht, dass sie aus dem Zimmer kommt, um sich aufs stille Örtchen zurückzuziehen. Hier kann sie in aller Ruhe denken.

Sie hat wieder viel zu denken.

***

Was macht ein Mann, dessen ehemalige Frau seine schwangere Frau getötet hat, rechtskräftig verurteilt wurde und dann behauptet, sie sei es gar nicht gewesen? Wer war es denn dann?, fragt er sich natürlich. Und warum hat sie gestanden, wenn sie es gar nicht war?, fragt er sich auch. Das macht doch alles keinen Sinn, sagt er sich. Ihre Antwort auf seine Fragen ist nur ein »Frag nicht«. Das ist nun wirklich nicht sehr erhellend. Aber sie ist so süß wie damals, als er sich in sie verliebt hat, plappert und erzählt, während sie ihren Stuhl neben seinen Sessel rückt und unter sorgsamer Umschiffung der Kaffeetassen die Beine auf den Schreibtisch schwingt. Beide sprechen über die alten Zeiten, als die Kinder noch klein waren, und am Ende kann er sogar ein wenig lachen. Erinnerungen an uralte, längst vergangene und vergessene Zeiten kommen in ihm hoch.

Beider Lachen dringt durch die Tür bis zu Frau Kleinheims Schreibtisch, die augenblicklich aufspringen muss, um sich wieder in den sanitären Anlagen zu verschanzen.

Frau Hertling schaut auf die Uhr. Höchste Zeit. Sie muss den Siebzehn-Uhr-vier nach Lübeck erwischen, sonst kommt sie zu spät zu ihrer Schreibtischlampe und der durchgelegenen Matratze, und das geht auf keinen Fall.

Dann ist sie flugs wieder zurück in der Geschlossenen. Vorgestern musste sie schon rennen und hat trotzdem nur noch die Rücklichter des Zugs gesehen. Eigentlich nicht weiter schlimm, denn vierzig Minuten später geht der nächste, der Siebzehn-Uhr-vierundvierzig. Der schafft erstaunlicherweise die gleiche Strecke sogar zwanzig Minuten schneller, aber es nützt alles nichts. Sie muss um neunzehn Uhr unter ihrer Schreibtischlampe sitzen, und der Siebzehn-Uhr-vierundvierzig kommt um achtzehn Uhr zweiundfünfzig an. Der Weg vom Hauptbahnhof zur JVA, offene Frauen, ist eine Katastrophe. Zu Fuß über eine Stunde und mit öffentlichen Verkehrsmitteln unwesentlich kürzer. Sie hat sich schon ein Fahrrad zugelegt, mit dem sie zwischen Hbf. und JVA pendelt. Hoffentlich wird das nicht mal geklaut, es gibt so viele böse Menschen. Aber selbst mit einem ungeklauten Fahrrad braucht sie zweiundzwanzig Minuten. Bleibt noch das Taxi von Lübeck Hbf., aber das braucht auch zwölf Minuten. Damit fällt der Siebzehn-Uhr-vierundvierzig komplett flach, und sie muss, wenn sie den Siebzehn-Uhr-vier verpasst, von Kiel aus mit dem Taxi fahren.

Muss man sich mal vorstellen: Der Häftling lässt sich in schwarzer Limousine vorfahren, um seinen Knastschlaf anzutreten. Nein, das will sie nicht immer machen. Außerdem kommt das auf Dauer dann doch ein wenig teuer.

»Wo ist denn Frau Kleinheim hin?«, fragt Johanna und dreht sich in der Tür noch einmal um. »Sie sitzt ja gar nicht an ihrem Schreibtisch!«

»Frau Kleinheim hat es in letzter Zeit ein wenig mit dem Magen«, sagt Herr Hertling.

Als seine Frau die Tür geschlossen hat, nimmt er wieder seine übliche Position ein und vergräbt das Gesicht in den Händen. Doch diesmal schiebt sich neben den vielen Gedanken an Susanna auch immer wieder ein anderer Gedanke dazwischen. Johanna war es nicht? Hat gestanden und war es gar nicht? Das soll er glauben? Das ist doch ganz unglaublich! Nein, das nimmt er ihr nicht ab.

Aber wie Männer so sind: Er möchte es gern glauben, und deshalb glaubt er es.

Zumindest ein bisschen.

***

Herr Schmidt ruft bei Pamela an. Schließlich hat er sich von Herrn Hertling den Auftrag erschlichen, sich weiter um den Finger zu kümmern, und da muss er ja irgendwie irgendwo anfangen.

»Schneider hier«, bellt er kurz in den Hörer. Nun sind die Namen Schmidt und Schneider phonetisch sehr weit auseinander, aber er hofft, dass sein »Schneider« deutlich genug war, dass Pamela ihm den Kommissar glaubt, aber trotzdem undeutlich genug, dass er im Notfall behaupten kann, sie habe sich verhört.

»Ja«, sagt Pamela ein wenig verstört, »was ist denn noch? Ich hab Ihnen doch schon alles gesagt. Ich weiß doch eigentlich auch gar nichts.«

»Es geht um den Finger«, sagt Herr Schmidt in strengem Kommissarton.

»Ja?« Pamelas Ton wird ein wenig kläglich.

»Nun mal Butter bei die Fische.« Herr Schmidt schafft sich die kommissarliche Strenge immer besser drauf. »Wer. Was. Wann. Wie. Wo«, herrscht er Pamela an, wie es ein Herr Schneider nicht besser gekonnt hätte.

Pamela sinkt in sich zusammen. Da hatte sie gehofft, dass die Sache mit dem Finger wegen der allgemeinen Aufregung um Susannas Tod und Johannas Tat in der Versenkung verschwinden würde, und nun ist der Kommissar ihr doch noch draufgekommen. Mit zitternder Stimme erzählt sie in aller Ausführlichkeit und immer wieder von Schluchzen unterbrochen, wie sie den Finger aus der Anatomie genommen, in ein Plastiktütchen gepackt und an Petra geschickt hat, weil die so eklig zu Patricia war. Als sie zu der Stelle kommt, wo sie den Fingernagel auch noch mit Nagellack rot angemalt hat, versagt ihr die Stimme völlig, und sie wird von Weinkrämpfen geschüttelt.

Herr Schmidt lauscht mit vor Erstaunen geöffnetem Mund. Bingo. Da hat er tatsächlich ins Schwarze getroffen. Eigentlich hatte er mit seinem Anruf bei Pamela nur einen Testballon starten wollen, und nun hat sie das ganze Geheimnis um den Finger mit einem Schlag gelüftet.

»Nun, nun«, sagt er ganz ohne kommissariale Attitüden, »beruhigen Sie sich doch bitte wieder.« Pamelas Weinen wird leiser. »Ist doch alles nicht so schlimm.« Seine Stimme ist sanft. Er kann Frauen nicht weinen sehen. Und hören auch nicht. »Machen Sie sich keine Sorgen.« Seine Stimme ist beinah zärtlich. »Alles wird gut.« Also bitte, nun übertreibt er aber wirklich. Das war von Nina Ruge in »Leute heute« schon schrecklich genug. Hatte so einen beschwörenden Touch. Wenn man es sich nur lange genug einredet, stimmt es irgendwann. Wie die hässliche Frau, die ihrem Spiegel so lange sagt, sie sei schön, bis der es glaubt: Frau Königin, ihr seid die Schönste im ganzen Land.

Herr Schmidt legt den Telefonhörer auf die Gabel und lehnt sich zufrieden zurück. Na bitte, das wäre geschafft.

Moment mal. Hatte sie nicht gesagt, sie habe Petra den Finger geschickt? Wie ist er denn dann bei Frau Hertling gelandet? Hatte er sich verhört? Nein, er kann Pamela nicht noch mal anrufen und nachfragen. Einen erneuten Weinkrampf steht er nervlich nicht durch.

Er geht zu seinem Kühlschrank, öffnet das Eisfach, schiebt angewidert den Finger ein wenig zur Seite, um an den Aquavit heranzukommen, zündet sich eine Zigarette an, setzt sich auf sein Gästesofa und legt die Füße auf den niedrigen Couchtisch. So kann er am besten denken, und das gedenkt er jetzt zu tun.

Also, wie war das? Frau Hertling kommt aus dem Urlaub, schleicht sich in ihr Haus, nimmt ein Messer und ersticht nach dreizehn Jahren geduldig ertragenen Leids in rasender Eifersucht die schwangere Frau ihres Ex, und der Finger hat mit der ganzen Sache nichts zu tun. Ja sicher, so was wäre möglich, und er hat auch schon manchen Krimi mit ähnlicher Logik gelesen. Aber so richtig begeistert ist er davon nicht.

Im Geist sieht er sich wieder auf dem oberen Treppenabsatz stehen, während unten die Damenschuhe vorbeitrippeln. Mit hohen Absätzen wurde da getrippelt. Er schließt die Augen, um sich die Szene erneut zu vergegenwärtigen – ja, er ist sich sicher: Es waren Stöckelschuhe. Aber die große Frau Hertling trägt nur flache Schuhe, hat ihr Mann gesagt.

Leider klingelt gerade in diesem Augenblick produktiven Denkens das Telefon. Herr Schmidt hechtet zum Apparat. Vielleicht ist es König Kunde, der mit einem neuen Auftrag droht, und Könige soll man bekanntlich nicht warten lassen. Es ist aber nur das Finanzamt, das sich wundert, wie ein Mensch mit derart geringen Einnahmen überhaupt überleben kann. Das ist ganz ungut. Misstrauische Finanzämter können viel Ärger machen. Er beschließt, in künftigen Steuererklärungen seine Einnahmen ein wenig mehr der Realität anzupassen.

Dann setzt er sich wieder auf seine Couch, um weiterzudenken. Ach, Mist, das Finanzamt hat ihn ganz aus dem Konzept gebracht. Wie war das also? Frau Hertling kann es eigentlich nicht gewesen sein. Sie muss die Schuld auf sich genommen haben, um jemand anderen zu schützen. Aber wen? So wie Frau Hertling sich bei Gericht gegeben hat, scheint sie ihm nicht zu den Menschen zu gehören, die ohne Not für jemand anderen ins Gefängnis gehen.

Wenn sie sich schuldig bekennt, muss die Not schon mächtig groß sein. Für einen ihrer Söhne würde sie das tun. Doch, das könnte er sich vorstellen. Aber das passt auch irgendwie nicht. Ihre Söhne tragen keine Stöckelschuhe. Keiner von beiden.

Dafür kann er seine Hand ins Feuer legen.

***

Dass Herr Schmidt den Finger noch einmal beiseitegeschoben und sich noch einen weiteren Aquavit eingeschenkt und obendrein eine neue Zigarette angezündet hat, will ich dir ersparen. Aber er hat noch einen Gedanken gehabt, den ich dir nicht vorenthalten will. Er hat nämlich – vielleicht durch den Aquavit schon ein wenig vernebelt – noch gedacht, dass Frau Hertling ihres Lebens nicht mehr sicher sein kann. Sollte sie nämlich herumerzählen, dass sie es gar nicht getan hat, wäre das dem wahren Mörder sicherlich nicht recht, und er könnte auf den Gedanken kommen, dass es das Beste wäre, Frau Hertling auch noch aus dem Weg zu räumen, bevor sie weiter ins Detail geht.

Ja, auf solche Gedanken kann man kommen, wenn der Aquavit seine segensreiche Wirkung tut. Denn genau genommen zieht Herr Schmidt damit in Erwägung, einer der Söhne könnte die Mutter abservieren, was ja nun wirklich mehr als abwegig ist. Wann hätte man je gehört, dass ein Sohn seine Mutter um die Ecke bringt. Obwohl, wenn ich länger darüber nachdenke: Doch, ja, das soll es schon gegeben haben.

***

Herr Schmidt macht sich auf den Weg zu Herrn Hertlings Büro. Die Fleethörn hoch, am Kleinen Kiel entlang, ganz kurz Entchen gucken, Brunswiker Straße hoch, rein in den Paternoster, im vierten Stock raus – kennt er alles schon – und klopf, klopf steht er bei Frau Kleinheim im Vorzimmer. Keine Frau Kleinheim da. Also wieder klopf, klopf an der

Tür zum Chef, und schon sitzt er vor Herrn Hertlings Schreibtisch und erstattet Bericht.

Der schüttelt ungläubig den Kopf, als er hört, dass Pamela in Brass Petra den Finger geschickt hat. Das sind so Frauengeschichten. Unangenehm, so was. Peinlich irgendwie. Da fragt er gar nicht weiter nach, das will er nun wirklich nicht genauer wissen. Schwamm drüber.

»Herr Schmidt«, sagt er, weil er weiß, was sich gehört, »das haben Sie ganz großartig recherchiert. Vielen Dank für Ihre Bemühungen. Schicken Sie mir bitte die Rechnung. Wenn mal wieder etwas sein sollte, werde ich mich an Sie wenden.«

»Haben Sie vielen Dank, Herr Hertling«, sagt Herr Schmidt, der auch weiß, was sich gehört. »Leider ist tatsächlich noch was. Ich mache mir Sorgen um Ihre Frau.«

»Das müssen Sie nicht, Herr Schmidt. Es geht ihr sehr gut. Sie war gestern sogar bei mir und …«, hier lächelt Herr Hertling ein wenig, »und hat sogar behauptet, sie habe mit dem Tod von Susanna gar nichts zu tun. Es ist nur schwer zu glauben.«

»Sehen Sie, genau das meine ich«, sagt Herr Schmidt und ist beinah ein wenig aufgeregt dabei. »Ich denke, sie ist in großer Gefahr.«

So, nun fängt der gute Mann aber wirklich an, ein wenig zu nerven. Zuerst wollte er ihm weismachen, dass Johanna ihn umbringen will, und nun versteigt er sich so weit, zu behaupten, Johanna könnte etwas passieren.

»Herr Schmidt«, sagt er freundlich, aber bestimmt. »So leid es mir tut, ich habe gleich einen Termin. Wenn Sie vielleicht so freundlich wären …« Bei den letzten Worten ist er aufgestanden und gibt Herrn Schmidt die Hand. Die Audienz ist beendet.

Derart unmissverständlich hinauskomplimentiert bleibt Herrn Schmidt nichts anderes übrig, als sich ebenfalls zu erheben. Ein Scheiß-Job ist das. Immer muss er die Kassandra machen. »Ja, dann also. Herr Hertling.« Er deutet mit einem leichten Kopfnicken eine Verbeugung an und geht zur Tür.

Im Vorzimmer stößt er beinah mit Frau Kleinheim zusammen, die gerade von ihrem stillen Örtchen zurückkommt. Mehr aus Gewohnheit – ein Detektiv ist immer im Dienst – wirft er einen Blick auf ihre Schuhe. Halbhohe schwarze Pumps. Nein, die waren es nicht, die er vom Treppenabsatz in Frau Hertlings Wohnung gesehen hat.

Was allerdings nichts heißen muss. Frauen besitzen in aller Regel Dutzende von Schuhen, zu jeder Handtasche mindestens ein passendes Paar. Und Frau Kleinheim bildet da keine Ausnahme.

***

Frau Hertling klingelt an der Tür, im Gepäck eine große Tafel Schokolade. Nicht so eine normal große Schokolade, hundert Gramm, sondern dreihundert Gramm feinste Vollmilchschokolade. Dafür ist sie extra zu IKEA gefahren, was sie nicht gerne tut, obwohl sie zugeben muss, dass es da viele praktische Sachen gibt. Unter anderem Schokolade XXL. Phinchen wird begeistert sein. Petra weniger.

»Was willst du denn hier?« Petra hat die Tür geöffnet und sieht sie unfreundlich an. Phinchen ist inzwischen besser zu Fuß als noch vor drei Monaten und auch sprachlich wesentlich gewandter geworden. Mit einem »Da tommt die Omama« stürzt sie auf Frau Hertling zu und hat im Nu die Schokolade entdeckt, was auch nicht besonders schwierig ist. Die Omama hat nur ein kleines Schleifchen drumgebunden und sie ansonsten im Urzustand belassen, damit auch Petra gleich weiß, um was es sich handelt.

»Na, mein kleines Schätzchen«, sagt Frau Hertling, nimmt Phinchen auf den Arm und steuert aufs Wohnzimmer zu.

»Wir wollen dich hier nicht mehr haben«, sagt Petra.

»Na, das wüsste ich aber«, sagt Frau Hertling, setzt sich in Patricks gemütlichen Sessel und zieht Phinchen auf den Schoß. »Petra«, fährt sie fort und setzt ihr süßestes Lächeln auf, »sei doch so lieb und mach uns einen Kaffee. Patrick kommt doch mittwochs immer früher nach Hause. Der freut sich dann sicher auch über einen gedeckten Kaffeetisch.«

Petra ist außer sich. Da kommt diese Frau, die sie sowieso auf den Tod nicht ausstehen kann, die zudem noch verurteilt wurde, die Frau ihres Schwiegervaters auf dem Gewissen zu haben, die mit einer geradezu lächerlichen Strafe davongekommen ist und die jetzt zu allem Überfluss auch noch mit einem Zentner Schokolade hier aufkreuzt, um sie zu ärgern – da kommt also diese Frau hier reingeschneit, setzt sich in Patricks Lieblingssessel, der eigentlich nur für ihn da ist, und sie darf die Schnepfe nicht einmal achtkantig rausschmeißen, weil ihr Mann das nicht will. Um sich wenigstens ein bisschen Luft zu machen, bellt sie ein »aye, aye, Sir«, bevor sie in die Küche rauscht und die Tür hinter sich zuknallt.

Während Frau Hertling und Phinchen unter fröhlichem Gekicher die Schokolade auspacken, lässt Petra in der Küche die Tassen fliegen. So eine Frechheit! Diese Person! Und wenn Patrick nach Hause kommt, wird er sie sicherlich begeistert in den Arm nehmen und sich beinah umbringen vor Freude, sie wiederzusehen, und sagen, sie soll auf jeden Fall noch zum Abendessen bleiben. Und natürlich danach noch mit ihnen ein Glas Wein trinken. Und dann wird er sie noch nach Hause fahren und dabei gleich mal nach ihrem Wasserhahn schauen. Petra könnte kotzen, wenn sie sich das alles vorstellt.

Wieso turnt die hier eigentlich schon wieder rum? Sie hat doch gedacht, dass sie erst mal mindestens drei Jahre vor ihr Ruhe habe.

»Wieso bist du denn schon wieder draußen?« ist ihre erste Frage, als sie mit einem vollen Tablett im Wohnzimmer erscheint.

»Freigänger«, sagt Frau Hertling, während sie Phinchen hilft, die große Schokoladenplatte in mundgerechte Stücke zu hauen. »Wegen guter Führung. Ich bin sicher, du freust dich.«

Ja, da kann sie Gift drauf nehmen. Petra freut sich wie blöde.

»Wann musst du wieder rein?«, fragt Petra.

»Jeden Tag pünktlich um siebzehn Uhr vier geht mein Zug«, sagt Frau Hertling. »Außer am Wochenende, da habe ich Ausgang. Dann kann ich euch länger besuchen.«

»Was soll das denn heißen? Am Wochenende haben Patrick und ich endlich einmal Zeit für uns. Da können wir dich nicht gebrauchen. Das Wochenende gehört der Familie.« Petras Stimme ist eine Oktave höher geworden.

»Darf ich dich daran erinnern, mein liebes Kind, dass auch ich zu deiner Familie gehöre?«

»Das ist leider Gottes wahr«, sagt Petra. »Und deshalb bedanke ich mich auch ganz herzlich für dein schönes Geschenk.«

Frau Hertling stutzt. Was für ein Geschenk? Sie ist viel rumgekommen in der Welt und natürlich nie ohne ein Mitbringsel zurückgekehrt. Mitbringsel sind diese netten Kleinigkeiten, die es in den Touri-Zentren in aller Herren Länder gibt und die man so hübsch findet, bis man wieder zu Hause ist. Wie mit dem Obstler, der auf der Piste immer so super schmeckte. Nachher zu Hause steht sich die Flasche mitgebrachter Obstbrand die Beine in den Bauch.

Aber nicht so bei Frau Hertling. Die hat Geschmack, und mit sicherem Gespür für das Außergewöhnliche fischt sie zwischen den Leder-Kamelen und Marmor-Pyramiden der fliegenden Händler von Gizeh oder der Basare an der türkischen Riviera immer das Teil heraus, das auch zu

Hause seine Besonderheit nicht verliert und sich auf dem heimischen Büfett vorzüglich macht.

Und natürlich bringt sie den Enkelkindern immer etwas mit – allen dreien, wie sich das gehört für eine richtige Großmutter. Die Kleinen freuen sich so sehr, und man hat immer einen guten Grund, sich mal wieder einzuladen, schließlich muss man ja das Mitbringsel vorbeibringseln. Da hörst du schon, dass »Mitbringsel« eigentlich nur ein anderes Wort für »Eintrittskarte« ist.

Den Schwiegertöchtern allerdings bringt sie nie etwas mit. Wer weiß, ob man den Geschmack trifft. Daher ist sie jetzt auch ehrlich erstaunt.

»Was für ein Geschenk?«

»Jetzt tu nicht so scheinheilig.« Petras Stimme nähert sich dem hohen C. »Ist klar, dass du nie zugeben wirst, dass du mir einen abgeschnittenen Finger geschickt hast. Geschmacklos, so was. Hast du dich gefreut, als du ihn postwendend zurückbekommen hast? Lass dir gesagt sein: Mit so was kannst du mich nicht erschrecken. Mich nicht.« Sie muss kurz Luft holen, bevor sie weitersprechen kann. »Aber dass du Susanna erstichst, das ist nun wirklich grauenvoll. Ich will dich hier nie, nie wieder sehen.«

Auch Frau Hertling ist inzwischen in Rage gekommen, und in diesem Zustand hört man schlecht. Das heißt, eigentlich hört man natürlich genauso gut wie sonst, aber manches dringt nicht bis zu den Gehirnwindungen durch. Deshalb kommt die Sache mit dem Finger nicht bei ihr an, sondern nur das Wort »Susanna«.

»Susanna. Was geht dich Susanna an? Mit der hast du gar nichts zu schaffen. Im Gegensatz zu mir gehört die nämlich nicht zur Familie.«

»Ach, und das ist ein Grund, sie umzubringen.« Petras Stimme hat das hohe C erreicht.

»Nun hör mal gut zu, mein liebes Kind.« Frau Hertlings Stimme ist gefährlich ruhig. »Patrick ist mein Sohn, mein geliebter Sohn. Wir sind uns so nah, wie ihr beide euch nie sein werdet. Zwischen ihn und mich passt kein Blatt Papier. Und da ist es nur selbstverständlich, dass ich die Schuld auf mich nehme, wenn er eine Dummheit macht.«

Petra steht wie erstarrt. Was hat diese Frau denn da angedeutet? Hat sie das richtig verstanden? Will sie sagen, dass Patrick Susanna erstochen hat? Ihr geliebter Patrick? Und wie hat sie das genannt? Dummheit?

»Raus«, schreit Petra. Das hohe C ist überschritten. »Verlass sofort mein Haus.«

»Nun übertreib mal nicht, meine Liebe«, sagt Frau Hertling und erhebt sich hoheitsvoll. »Wenn ich das richtig sehe, handelt es sich hier um eine Vier-Zimmer-Wohnung. Ein Haus könnt ihr euch erst leisten, wenn Patrick die Früchte seiner …« Sie vollendet den Satz nicht, sondern streicht Phinchen, die mit beiden Vorderläufen in der Schokolade steckt, liebevoll übers Haar und rauscht von dannen.

Petra steht mitten im Zimmer. In ihrem Kopf dreht sich alles. Sie kann keinen vernünftigen Gedanken fassen. Wie benommen sieht sie auf ihre Tochter, die sich ein Stück Schokolade nach dem anderen in den Mund schiebt. Nein, nicht auch das noch. Das ist ja nicht zum Ansehen. Ohne ein Wort geht sie hinaus und vergräbt sich im Schlafzimmer.

***

»Omama«, sagt Phinchen mit verschmiertem Schokoladenmund, als Patrick kommt.

»Was sagst du, meine Süße? Die Oma war da?«, staunt Patrick und nimmt Phinchen auf den Arm, wobei er versucht, ihrem Schokoladenmund auszuweichen.

Phinchen nickt und wischt ihre dreckigen Pfötchen an Papas Hemd sauber. »Omama danz böse«, erzählt sie weiter.

»Die Oma war böse mit dir?«, wundert sich Patrick.

»Mit Mama«, stellt Phinchen richtig.

Patrick setzt Phinchen behutsam auf den Fußboden und entschwindet mit einem »Dann spiel mal schön«, um Petra zu suchen.

Ja, das ist der Nachteil einer Vier-Zimmer-Wohnung. Die ist schnell durchsucht.

»Phinchen steckt bis zu den Ohren in Schokolade«, sagt er, als er Petra gefunden hat. »Stimmt es, dass meine Mutter hier war?«, fragt er und setzt sich zu Petra aufs Bett.

»Natürlich«, sagt Petra mit verheulten Augen, »oder glaubst du, dass ich unsere Tochter in diesem Dreckszeug ertränke?«

»Meine Güte, nun lass ihr doch die Freude. Sie will doch nur unser Phinchen ein bisschen verwöhnen«, sagt Patrick begütigend.

»Ach, es geht doch gar nicht um die Scheiß-Schokolade. Sie ist eine böse, alte Frau.«

»Nun reicht es aber bald.« Bis eben hat Patrick neben Petra gelegen und ihr liebevoll über den Bauch gestrichen, aber nun richtet er sich wieder auf.

»Du weißt ja nicht, was sie alles gesagt hat«, heult Petra.

»Nein, das weiß ich nicht. Und das will ich auch gar nicht wissen. Sie ist meine Mutter und basta.«

»Natürlich.« Petras Stimme nimmt nicht mehr den Umweg über das hohe C, sondern stößt gleich durch die Decke. »Ihr seid euch ja sooo nah. Ihr tut alles füreinander. Zwischen euch passt kein Stück Papier.«

Petra schnappt nach Luft.

»Sie hat mir alles erzählt«, schreit sie, bevor sie völlig aufgelöst aus dem Zimmer stürmt und die Wohnungstür hinter sich zuknallt. Draußen bleibt sie einen Augenblick verwirrt stehen. Was soll sie nun machen? Sie schaut auf ihre Uhr.

Bis der Siebzehn-Uhr-vier abfährt, ist noch reichlich Zeit.

***

Es ist schon bald halb zehn, als Petra wieder nach Hause kommt. Ohne ein Wort zu sagen, schiebt sie Patrick, der ihr auf dem Flur entgegenkommt, beiseite und geht ins Bett. Ohne sich die Zähne zu putzen. Gut, dass Phinchen das nicht mitkriegt. Sie wird jeden Abend mit dieser Prozedur belästigt, obwohl sie noch gar keine Zähne hat.

Phinchen ist heute allerdings auch ungeputzt ins Bett verfrachtet worden, obwohl es nach dem vielen Süßkram sicherlich nötig gewesen wäre. Aber nachdem sie Patricks gemütlichen Ledersessel vollgespuckt hat und dann noch ein zweites Mal auf dem Weg ins Bad auf dem schönen Teppich übergeschwappt ist, hat Patrick zu all solchem Getüddel keinen Nerv mehr. Ab ins Bett. Da kann sie brüllen, so viel sie will. Er hat keine Zeit. Mit einem Eimerchen Wasser und viel Seife rückt er der Kotze zuleibe.

Für Mütter ist es natürlich die reinste Freude, die liebe Kotze ihrer Goldengelchen aus Sesselritzen und Teppichen zu graben. Väter sind da etwas anders. Und Patrick im Besonderen ist da sehr anders. Nach einem anstrengenden Tag im Geschäft braucht er seine Ruhe. Da kommen eine verheulte Gattin und eine kotzende Tochter gar nicht gut. Und zu essen ist auch nichts da.

Das mindeste, was er erwarten kann, ist dann doch wohl eine liebevolle, reumütige Ehefrau, wenn sie endlich nach ihrem großartigen Abgang wieder nach Hause kommt. Doch als die nur stumm an ihm vorbei ins Bett geht, da wird es ihm denn doch zu bunt. Er wischt und macht und tut, und als Dank dafür würdigt sie ihn keines Blickes. Bitte, dann eben nicht. Wortlos zieht er sich aus, legt sich neben sie und dreht ihr den Rücken zu.

Um drei Uhr nachts, als beide nach Stunden gemeinsamen Schweigens endlich eingeschlafen sind, klingelt es an der Tür. Sofort sind alle wieder hellwach. Besonders Phinchen steht sofort senkrecht im Bett und begrüßt begeistert die zwei Onkel in Schwarz, die in ihr Zimmer stürmen, die Schranktüren aufreißen und sogar unter ihr Bett schauen.

»Omama«, beginnt sie ein Gespräch und nimmt höflich ihren Schnuller aus dem Mund.

»Ist deine Großmutter hier irgendwo?«, herrscht einer der Polizisten sie an. Einen solchen Ton ist Phinchen nicht gewohnt. Verstört nimmt sie den Schnuller wieder in den Mund, was sie aber nicht daran hindert, aus Leibeskräften zu brüllen.

Patrick verliert die Nerven. »Was wollen Sie hier?«, schreit er, wobei er dem unfreundlichen Polizisten gefährlich nahe auf die Pelle rückt. Wenn jemand seine Tochter zum Weinen bringt, versteht er keinen Spaß.

»Ganz ruhig, gaanz ruhig«, sagt der Polizist und zieht seine Pistole aus dem Halfter. Wenn ein Freigänger abgängig ist, versteht die Obrigkeit ebenfalls keinen Spaß.

Was ist passiert?

Nun, nichts ist passiert. Um neunzehn Uhr hätte Frau Hertling wieder in der JVA Lübeck in Erscheinung treten müssen, was aber nicht passiert ist. Als um acht und auch um neun nichts passiert ist, hat der Anstaltsleiter Alarm geschlagen und einen Suchtrupp in Gang gesetzt. Er ist empört. Da ist man großzügig, lässt die Delinquenten frei rumlaufen, damit sie das normale Leben nicht ganz verlernen, und wie wird es gedankt? Sie machen sich aus dem Staub. Und man muss noch froh sein, wenn sie sich nur aus dem Staub machen und nicht dem Nächsten an die Gurgel gehen. Alles schon da gewesen. Obwohl, von Frau Hertling hätte er das nicht gedacht. Weder den Staub noch die Gurgel.

Nachdem die Polizei Frau Hertlings Reihenhaus auf links gezogen und nichts gefunden hat, ist die Verwandtschaft dran. Als sie weit nach Mitternacht auch bei Patrick auf der Matte stehen, haben sie schon einiges hinter sich und preschen entsprechend ungestüm in die Wohnung, als Patrick ihnen die Tür öffnet.

Nur ganz langsam kommt so etwas wie Ruhe in die aufgeregte Horde, was vor allem Petra zu verdanken ist. Sie nimmt Phinchen auf den Arm und schafft es, sie mit zarten Gurrlauten so weit zu beruhigen, dass sie nur noch schluchzend an ihrem Schnuller zieht und mit großen Augen in die Runde blickt.

Die Polizisten haben inzwischen die Ehebetten samt unterwärts und den Kleiderschrank inspiziert, auch die Kommodenschubladen aufgezogen, falls Frau Hertling sich ganz klein gemacht haben sollte, und sitzen nun mit gezücktem Bleistift und Notizblock im Wohnzimmer. Ja, Frau Hertling war hier, und nein, Frau Hertling ist nicht mehr hier. Ja, man war den ganzen Abend hier, und nein, man weiß nicht, wo Frau Hertling ist.

Na, dann schönen Abend noch.

Überflüssig zu sagen, dass es natürlich kein schöner Abend wird. Von »Abend« kann sowieso keine Rede mehr sein. Petra verbringt den Rest der Nacht damit, Phinchen im Wohnzimmer leise wippend von einer Ecke zur anderen zu tragen und mit ihr die verschiedenen Bücher im Regal zu bestaunen.

Patrick liegt im Bett und denkt. Warum hat Petra behauptet, sie beide seien den ganzen Abend zu Hause gewesen?

Und warum hat er nicht widersprochen?

***

Vier Tage später wird Frau Hertlings Leiche im Bootshafen gefunden. Bis dahin hatte jeder der drei Herren Hertling still gehofft und sich damit getröstet, dass einer der beiden anderen ihr bei der Flucht geholfen habe. Sogar Vater Hertling, der in der Schönen Neuen Welt noch nicht richtig angekommen ist und mit seinem Smartphone so seine Schwierigkeiten hat, hat immer mal wieder geschaut, ob nicht eine SMS oder E-Mail aus Timbuktu oder so bei ihm eingetrudelt ist. Johanna hat schließlich die Welt bereist und kennt sich aus. Allerdings hatte er insgeheim seine Zweifel, dass sie geflohen ist. Johanna ist Realistin. Vier Jahre, die wahrscheinlich nur drei Jahre dauern, noch dazu als Freigänger, sind für sie kein Grund, stiften zu gehen. Aber man weiß ja nie. Dass man doch weiß, hat sich nun nach vier Tagen auf schrecklich Weise bestätigt.

Aber wieso hat es so lange gedauert, bis sie wieder aufgetaucht ist?

Das hat mehrere Gründe. Dinge, die schwerer sind als Wasser, sinken zu Boden. Frau Hertling war schwerer als Wasser, was leider Gottes darauf schließen lässt, dass sie lebend ins Wasser gefallen ist und dort ein letztes Mal Luft geholt hat. Ein Mensch mit Lungen voller Wasser sinkt zu Boden und ward nicht mehr gesehen. Der Bootshafen ist nun zwar im eigentlichen Sinne kein Drecksloch mehr, aber das Wasser ist immer noch reichlich undurchsichtig. Alles, was mehr als vielleicht zwanzig Zentimeter unter Wasser schwimmt, wird unscharf, und alles am Grund ist unsichtbar.

Doch allmählich kommt – ja, wie soll ich sagen? – wieder Leben in die Leiche. So unangenehm die Vorstellung ist, aber der Zersetzungsprozess macht auch vor einer Frau Hertling nicht halt. Nach vier Tagen schwimmt sie wieder oben, wo du sie mit deinem Kaffee to go hättest sehen können, wenn du nicht auf die andere Straßenseite gewechselt wärest.

Ich will jetzt nicht sagen, dass in der JVA Freude darüber geherrscht hat, dass Frau Hertling auf diese Weise wieder aufgetaucht ist. Aber es ist doch beruhigend, wenn man sich nicht so gänzlich in einem Menschen getäuscht hat. Ein Häftling im offenen Vollzug, der sich dessen nicht als würdig erweist und abhaut oder gar weitermordet, wirft immer ein schlechtes Licht auf die Anstalt und ihre Kompetenz in der Beurteilung seiner Kunden. Da ist es schön, wenn sich ein Verschwinden auf ganz natürliche Weise aufklärt.

Die Leiche von Frau Hertling wird obduziert. Dabei hätte sich leicht herausstellen können, dass ihr Tod von »ganz natürlich« weit entfernt ist. Wenn ein Toter einen mächtigen Schlag auf den Hinterkopf bekommen hat, dann ist es mehr als unwahrscheinlich, dass er ihn sich in Selbstmordabsichten selbst beigebracht hat. Aber so ist das eben im Leben. Der eine meint, dass der andere die Leiche schon von hinten beschaut hat, und sieht nur vorne nach, der andere wiederum glaubt das Gleiche, nur andersherum, und beide haben wenig Zeit, schließlich liegt noch Kundschaft auf den Nachbartischen.

Kann natürlich auch sein, dass die Freude auf die bevorstehende Betriebsfeier den Blick getrübt hat. Na, wie auch immer, Frau Hertling wird als Selbstmord aus Kummer über ihre schreckliche Tat zur Bestattung freigegeben.

Die Trauerfeier ist furchtbar. Da bleibt kein Auge tränenleer, wie die Dichter sagen würden, obwohl Patrick findet, der Schmerz seiner Frau könnte durchaus deutlicher zutage treten. Den größten Schmerz empfindet ganz klar Phinchen. Sie brüllt den ganzen Friedhof zusammen. Was allerdings kein Wunder ist. Wenn dir nur sporadisch die Windeln gewechselt würden und dein Hintern wie der eines Pavians aussähe, würdest du auch brüllen.

SIEBEN

»Hättest du je gedacht, dass deine Mutter sich umbringt?«, fragt Thea.

»Nie im Leben«, sagt Thorsten. »Und im Bootshafen schon gar nicht. In diesem kleinen Pissbecken! Da nimmst du zwei tüchtige Schluck, und der Teich ist leer. Man kann über Mutter sicher viel Negatives sagen, aber nicht, dass sie blöd ist. Wenn sie sich schon umbringt, dann richtig.«

»Na, jedenfalls ist sie jetzt tot. Scheint also doch keine so schlechte Idee gewesen zu sein, das Pissbecken zu wählen.« Thea nimmt Tinchen auf den Arm und gibt ihr traurig ein kleines Küsschen auf die rosigen Bäckchen. »Nun hast du nur noch den lieben Opapa.«

Das ist natürlich übertrieben, denn Theas Eltern, Tinchens zweites Paar Großeltern, erfreuen sich bester Gesundheit. Aber vielleicht doch nicht ganz falsch, denn sie leben in München, also quasi am Ende der Welt, und Frau Hertling war in letzter Zeit nur selten bei ihnen zu Gast. In aller Regel nahm Frau Hertling zwar wenig Rücksicht darauf, dass sie nicht gerne gesehen war. Wenn sie ihr Enkelkind besuchen wollte, besuchte sie ihr Enkelkind, und mit einem kleinen Babyjäckchen als Geschenk verpackt war sie schwer abzuweisen. Aber ihre Besuche hatten stark nachgelassen, weil Thorsten doch immer deutlich kühl und abweisend war, was er jetzt, wo sie nicht mehr ist, natürlich zutiefst bereut. Aber das ist nun nicht mehr zu ändern.

Es klingelt. Herr Hertling. Ganz ohne Babyjäckchen kommt er herein und setzt sich auf den Sessel, der schon langsam zu seinem Stammplatz geworden ist.

»Ach Kinder, wie ist das alles schrecklich.«

Die Kinder nicken. Tinchen nickt nicht. Entweder sie hat es nicht verstanden, oder sie fühlt sich nicht angesprochen. Doch sie macht unmissverständlich klar, was sie will, und brüllt, bis sie auf Opapas Schoß abgesetzt wird. Ach ja, wieder so ein Stich ins mütterliche Herz. Thea treten die Tränen in die Augen, was aber diesmal ganz gut zur Situation passt.

»Ich halte es zu Hause nicht mehr aus«, sagt Herr Hertling. »Schon wenn ich die Tür aufschließe, höre ich ihr Lachen. Bei jedem Buch, das ich aufschlage, denke ich, dass sie es in den Händen gehalten hat. Ihre Puder und Cremes, all die Töpfchen und Tiegelchen habe ich schon aus dem Bad verbannt, aber immer wieder finde ich doch noch was von ihr. Und wenn es nur ein Haar ist. Immer wieder kommen mir die Tränen. Im ganzen Haus hängt noch ihr Duft. In den Garten kann ich überhaupt nicht mehr gehen. Überall sehe ich sie in ihrem Blut liegen.«

Thorsten und Thea schweigen. Selbst Tinchen, die immer so viel zu erzählen hat, was allerdings niemand versteht, macht nur leise »blubb, blubb«.

»Und jetzt auch noch Johanna ...«

»Geh für ein paar Wochen ins Hotel«, schlägt Thorsten vor. »Vielleicht sieht danach die Welt schon wieder etwas freundlicher aus.«

Herr Hertling nickt. »Das wäre eine Idee, aber keine Lösung. In diesem Haus kann ich nie wieder froh werden. Ich will es verkaufen. Aber ich glaube, ich selbst habe dazu nicht die Kraft. Könnt ihr das für mich übernehmen? Es soll alles weg, das ganze Haus samt Inhalt. Ich kann es nicht mehr sehen. Die vielen Erinnerungen ... ich halte das nicht aus.«

Wieder schweigen alle.

»Wie wäre es denn«, sagt Thea schließlich, »wenn du wieder in das Reihenhaus nach Suchsdorf zurückgingest? Jetzt, wo Johanna ...« Sie bricht ab.

»Auf keinen Fall«, sagt Herr Hertling bestimmt. »Dann denke ich Tag und Nacht daran, was ich alles falsch gemacht habe und dass beide noch leben würden, wenn ich mich nicht Hals über Kopf in Susanna verliebt hätte. Macht mit beiden Häusern, was ihr wollt. Ich will sie nicht mehr sehen.«

Na prima, denkst du jetzt vielleicht. Zwei Häuser, zwei Söhne, das passt doch! Jeder erbt eins, und die Sache ist geritzt. Aber ganz so einfach ist die Sache nicht. Die Erbmasse ist trotz des Todes von Susanna und Johanna nur ein halbes Haus, und da kann man nun wirklich nicht von Masse reden. Die anderen eineinhalb Häuser gehören bis zu seinem Tode weiterhin Herrn Hertling, der ja irgendwo wohnen muss. Außerdem scheint er noch eine ganze Weile am Leben bleiben zu wollen. Obwohl, genau genommen hätte man das von Johanna und Susanna auch gesagt. Na, der Krimi ist noch nicht zu Ende. Wer weiß, was noch passiert.

Thorsten streicht seinem Vater sanft über die Hand. »Keine Sorge, Vater, wir kümmern uns. Patrick kann in Mutters Haus ziehen, wenn es dir recht ist und er es will. Das Haus in Heikendorf wird verkauft. Von dem Geld suchen wir dir dann in aller Ruhe was anderes.«

***

Lehrer haben bekanntlich Zeit ohne Ende, da müsste ein Hausverkauf nur so flutschen. Aber entweder stimmt das mit den Lehrern und ihrer vielen Zeit doch nicht wirklich, oder der Spruch von der Mutter, die zwar zehn Kinder ernähren kann, aber zehn Kinder nicht eine Mutter, gilt in abgewandelter Form auch für hausverkaufende Söhne. Jedenfalls flutscht nichts. Außerdem hat dich sicherlich die Sache mit der »Ruhe, in der was anderes gesucht werden soll«, schon stutzig gemacht. Hätte nicht Frau Kleinheim, dieser Schatz von Sekretärin, die Sache in die Hand genommen, würde Herr Hertling vielleicht heute noch zwischen Hotel und Thorsten hin- und herpendeln.

Seit seiner peinlichen erotischen Entgleisung hat Herr Hertling zwar versucht, Distanz zu Frau Kleinheim zu wahren, doch seit nun auch Johanna tot ist, sind sie sich emotional so nahegekommen, dass er sich morgens beinahe freut, wenn er sie an ihrem Schreibtisch sitzen sieht. Als er in einem ihrer langen Gespräche hat durchblicken lassen, dass er aus seinem Haus rauswill, ist sie tätig geworden. Und wenn Frau Kleinheim tätig wird, dann klappt das.

Ich übertreibe nicht, wenn ich sage, dass es ihr die reinste Freude macht. In jeder Mittagspause wetzt sie los und organisiert alles. Susannas komplette Garderobe verschwindet in der Altkleidersammlung, die Bücher wandern ins Altpapier, für das Geschirr, die Tischwäsche und den ganzen Kleinkram lässt sie einen Container kommen.

Es ist wirklich interessant, was sich im Privatleben ihres Chefs so alles angesammelt hat. Aber die Zeit ist zu knapp, alles genauer zu studieren. Nachher überlegt er es sich doch noch anders. So blättert sie nur kurz die Fotoalben durch und dann weg damit. Nichts soll ihn mehr an frühere Zeiten erinnern. Das Mobiliar vertickt sie über Kleinanzeigen. In kürzester Zeit ist das Haus pickepackeleer, und die ersten Kaufinteressenten können kommen, während sie sich schon mal nach einer neuen Bleibe umsieht.

»Was würde Ihnen denn gefallen, Hans?«, fragt sie. »In dem Neubaugebiet hinter dem Restaurant ›Foerdeblick‹ ist gerade eine phantastische Penthouse-Wohnung frei geworden. Das wäre genau das Richtige. Vier Zimmer mit wundervollem Blick über die Förde.« Sie kommt ins Schwärmen. »Allein die Bäder – ein Traum. Mit eingebauter Sauna.«

»Ich gehe nicht gern in die Sauna«, sagt Herr Hertling.

Aber ich, hätte sie beinah gesagt.

***

»Wir bekommen das Haus«, sagt Petra und strahlt. »Thea hat erzählt, dass Thorsten kein Interesse daran hat und der Vater es uns geben will.«

»Wie herrlich«, fährt sie begeistert fort und wischt Phinchen den Rotz von der Nase, was die nur mit äußerstem Missfallen über sich ergehen lässt. »Endlich ein eigener Garten. Nicht ständig mit Sack und Pack aus dem Haus, wenn sie mal an die frische Luft soll.«

Patrick sieht Petra mürrisch an. »Keine zehn Pferde bringen mich nach Heikendorf. Ist auch viel zu weit weg von der Druckerei. Da bin ich ja eine Ewigkeit unterwegs, wenn ich mittags zum Essen nach Hause kommen will.«

»Ach«, sagt Petra spitz. »Woher weißt du das denn? Ich denke, du warst noch nie bei den beiden?«

»Stimmt, ich war noch nie da, aber ich kenne den Kieler Stadtplan und die Kieler Verkehrsverhältnisse. Das liegt zu weit ab vom Schuss.«

Petra sieht Patrick böse an. »Dass du nie da warst, kannst du deiner Großmutter erzählen. Wenn du glaubst«, sie nimmt Fahrt auf, »dass ich mir den Garten vermiesen lasse, nur weil du Susanna ...« Sie bricht ab. »Mit der Sache«, sagt sie dann bestimmt, »mit der Schuld musst du ganz allein fertigwerden.«

»Mit welcher Schuld?« Patricks Ton hat sich inzwischen dem seiner Frau angepasst.

»Tu doch nicht so scheinheilig«, sagt sie mit einer abweisenden Handbewegung. »Mir brauchst du nichts vorzumachen. Außerdem handelt es sich gar nicht um Heikendorf, sondern um Johannas Haus in Suchsdorf.«

»Ach so.« Jetzt bekommt Patrick wieder Oberwasser. »Daher weht der Wind.«

»Was soll das denn heißen?«

»Du warst doch schon lange scharf auf das Haus meiner Mutter. Nun hast du es endlich geschafft.«

»Willst du damit etwa andeuten ...« Petra hat die ganze

Zeit mehr oder weniger ruhig auf der Couch gesessen, doch jetzt springt sie auf.

»Genau das will ich andeuten.« Patricks Stimme ist wieder normal, geradezu unangenehm ruhig. »Du hast meine Mutter auf dem Gewissen. Mit deiner irrsinnigen Eifersucht hast du sie so verletzt, dass sie keinen Ausweg mehr wusste und ins Wasser gegangen ist. Vielleicht hast du sogar bei ihrem letzten Gang noch ein wenig nachgeholfen. Ich weiß immer noch nicht, wo du damals den ganzen Abend gewesen bist.«

»So.« Petra geht zum Flur, um den Mantel zu holen. »Jetzt reicht es. So was lasse ich mir nicht sagen.« Sie ist schon beinah aus der Tür, als sie noch schreit: »Und von einem wie dir schon gar nicht.«

Rums. Die Tür ist zu.

***

»Ich habe einen Käufer für Ihr Haus gefunden, Hans«, sagt Frau Kleinheim und setzt sich unaufgefordert in die Sitzgruppe für Besucher. Das tut sie in letzter Zeit häufiger. Immer gibt es etwas zu besprechen. Dann stürmt sie in sein Büro, ohne anzuklopfen, und setzt sich. »Die kleine Kommode mit den silbernen Beschlägen ist nun auch verkauft. Damit ist das ganze Haus leer«, sagt sie und blättert ihm etliche Hunderter auf das flache Tischchen der Sitzgruppe. »Das ist der Erlös des gesamten Mobiliars.«

»Was machen wir damit?«, fragt er – mehr an sich selbst als an sie gerichtet.

»Das stecken wir in die neue Wohnung, ist doch klar«, sagt sie.

»In welche neue Wohnung?«

»Hans«, sagt sie streng. »Sie können doch nicht ewig im Maritim wohnen.«

Doch, das kann er, und das hat er auch vor. Da gibt es

wunderbare Apartments, man muss sich um nichts kümmern, die Böden werden gewischt, das Frühstück gemacht und die Hemden gebügelt. Der Blick auf die Förde ist einmalig, und die Postadresse heißt Düsternbrook. Was will man mehr.

»Das ist viel zu teuer. Da müssen Sie raus. Die Verträge für die Vier-Zimmer-Wohnung an der Holtenauer Reede sind so weit fertig. Da müssen Sie nur noch unterschreiben.«

»Frau Kleinheim«, sagt er. »Was soll ich mit so einer Wohnung? Das muss doch alles in Ordnung gehalten werden.«

»Ach, Hans, das findet sich alles«, beruhigt sie ihn. »Ich bin ja schließlich auch noch da.«

Jetzt, also spätestens jetzt, hätten bei ihm sämtliche Alarmglocken läuten müssen. Und sie tun es auch, tun es schon eine ganze Weile, denn so ganz von gestern ist Herr Hertling nun auch wieder nicht. Aber er ist alt geworden in den letzten fünf Monaten. Der Tod seiner beiden Frauen hat ihm jede Kraft genommen. Und er hat Angst, Angst vor einem Leben in Einsamkeit. Daher lässt er sich treiben. Einer so dynamischen Person wie Frau Kleinheim kann er sich nicht widersetzen.

Noch ein letztes Mal versucht er, aufzumucken.

Als Frau Kleinheim mit den Worten »Davon wird das Schlafzimmer gekauft« die Hunderter wieder einsammelt, sagt er leise: »Das Geld soll Pamela für Patricia bekommen, hatte ich mir gedacht. Die haben doch so wenig.« Aber Frau Kleinheim schüttelt den Kopf.

»Nein, Hans, das geht nicht. Wir haben nichts zu verschenken«, sagt sie und steckt das Geld in ihr Portemonnaie.

Da du diese Szene miterlebt hast, wundert es dich sicherlich nicht wirklich, dass Hans-Hermann Hertling knapp einen Monat später an seinem neuen Esstisch in seiner neuen Vier-Zimmer-Wohnung sitzt und Abendbrot isst. Ein klein wenig wundert es dich vielleicht, dass Frau Kleinheim gerade, in ein Badetuch gewickelt und mit Handtuchturban auf dem Kopf, aus der Sauna kommt. Aber daran wirst du dich gewöhnen müssen. Was Herr Hertling kann, das schaffst du auch.

Im Grunde ist er recht zufrieden: Die Böden werden gewischt, das Frühstück gemacht, die Hemden gebügelt, und der Blick auf die Förde ist einmalig. Die Postadresse ist zwar nur Holtenau, aber sonst ist im Grunde alles in Ordnung. Auch die Alpträume werden weniger. Wenn er doch noch mal nachts schweißgebadet aus dem Schlaf hochschreckt, umfangen ihn die tröstenden Arme von Frau Kleinheim, die er jetzt Ingrid nennt, und er kann beruhigt wieder einschlafen.

Das ist schön. Deshalb macht es ihm auch nichts aus, dass sie so wenig Verständnis dafür hat, wenn er die Kinder, besonders Thorsten und dessen Familie, besuchen will. Er sehnt sich richtig ein wenig nach dem kleinen Tinchen. Die wird doch bald schon anfangen zu laufen. Aber da muss er nun doch ein bisschen Rücksicht auf seine neue Liebe nehmen. Sie kennt das eben nicht. Familie, Kinder, Enkelkinder. Sie hat doch niemanden auf der Welt außer ihm.

Obwohl, als sie von »wahrer Affenliebe« gesprochen hat, das war doch wie ein Stich in sein Herz. Aber dann hat sie ihn so lieb in die Arme geschlossen und sogar geflüstert, dass vielleicht bald was Kleines unterwegs sei, da hat er alles vergessen und gelächelt.

Was Kleines! Meine Güte, was für eine Ausdrucksweise. So was hätte Susanna nie gesagt. Manchmal sitzt er auf dem Balkon, schaut aufs Wasser und hängt seinen Gedanken nach. Wie sehr hat sich sein Leben verändert. So viel Schrecken und Grauen, dass er beinah nicht hätte weiterleben können. Und dann die Wende. Jetzt sieht er eine

Chance auf ein einigermaßen ruhevolles Leben im Alter. Im Grunde ist das alles nur Ingrids Verdienst.

Er hat ihr viel zu verdanken.

***

»Ich glaube, dein Vater hat doch noch sein Glück gefunden«, sagt Thea und verpasst Tinchen eine frische Windel, während Thorsten sie mit einer Rassel bei Laune hält. Der Windelwechsel ist immer eine etwas heikle Prozedur, weil Tinchen sich spannt wie ein Flitzebogen und mit allen ihr zur Verfügung stehenden Mitteln gegen die neue Windel anarbeitet. Nun sind die zur Verfügung stehenden Mittel für derart junge Menschen gering, aber es ist doch besser, wenn sie dank einer Rassel vergessen, sie einzusetzen.

»Wieso glaubst du das? Wir sehen ihn doch in letzter Zeit kaum noch«, sagt Thorsten.

»Eben, deswegen ja. Keine Nachrichten sind gute Nachrichten«, sagt Thea.

»Ich weiß nicht«, sagt Thorsten, »das ist alles so merkwürdig schnell gegangen.«

Zwei, drei Wochen nach seinem großartigen »Keine Sorge, Vater, wir kümmern uns« ist er mit zwei Koffern zum Haus gefahren, um zu überlegen, was zu geschehen hat. Aber es war schon alles geschehen. Das Haus war praktisch leer. Er hatte vorher genau überlegt, was er an sich nehmen wollte. Die vielen Fotos auf jeden Fall. Eines Tages würde sein Vater sie vielleicht wieder ansehen können. Oder Tinchen und Phinchen würden wissen wollen, wie die Omis ausgesehen haben. Die Briefe und Postkarten, die die Brüder aus ihren zahlreichen Urlauben dem Vater geschrieben hatten, wollte er aufbewahren. Nun stand er da mit seinen zwei Koffern, aber es war nichts mehr da. Nur noch die Möbel, alle Schranktüren offen, die Schubladen herausgezogen, alles leer.

Er wollte den Vater am Telefon sprechen, aber der ließ sich durch seine Sekretärin verleugnen. Wenn er zu ihm ins Büro kam, war der Herr Ministerialdirigent außer Haus, obwohl Thorsten über die Sekretärin einen Termin gemacht hatte. Als er ihn im Maritim aufsuchen wollte, war er ausgezogen. Das Handy war entweder tot, oder Frau Kleinheim war dran. Es war, als wollte der Vater nichts mehr mit ihm zu tun haben.

»Das ist doch zu verstehen«, sagt Thea, »er konnte das alles nicht mehr ertragen.«

»Und uns soll er auch nicht mehr ertragen können?«, fragt Thorsten.

Er schüttelt den Kopf. Diese Eile ist doch gar nicht Vaters Art. Das hat alles die Kleinheim eingetütet, und wo sie gerade dabei war, hat sie den Vater gleich mit eingetütet. Diese falsche Schlange.

»Sie ist eine falsche Schlange«, stößt er heftig hervor.

Thea sieht ihren Mann entsetzt an. Es ist zwar richtig. Tinchen windet sich wie ein Aal, um der Windel zu entgehen, aber sie deshalb als falsche Schlange zu bezeichnen geht nun wirklich zu weit.

»Dann lenk sie doch ab, damit ich endlich fertig werde. Du rasselst ja auch nicht, sondern guckst nur böse. Da stemmt sie sich natürlich gegen alles.«

»Ich mein doch die Kleinheim«, sagt Thorsten.

»Quatsch«, sagt Thea. »Dein Vater liebt die Kleinheim. Petra hat mir erzählt, dass die beiden sogar zusammengezogen sind.«

Wieder schüttelt Thorsten den Kopf. »Da stimmt was nicht. Das ging alles zu schnell.«

Thea ist inzwischen mit der Wickelei fertig geworden, hebt Tinchen hoch, gibt ihr einen Kuss auf die Nase und drückt sie Thorsten in den Arm.

»Gib Ruhe, mein Schatz«, sagt sie und streichelt ihm zart übers Haar. »Wir sind zusammen, und wir sind glücklich.

Das solltest du deinem Vater auch gönnen. Er hat alles hinter sich gelassen und eine neue Beziehung gefunden. Die beiden werden es ohnehin schwer genug haben, mit der Vergangenheit klarzukommen. Lass ihn in Ruhe. Er ist ein erwachsener Mann. Dein Vater weiß, was er tut.«

Tinchen zappelt in Thorstens Arm. Nach solch windeligen Strapazen will sie endlich in Freiheit und nicht länger auf Vaters Arm in Gefangenschaft sein. Thorsten setzt sie ab und schaut ihr zu, wie sie sich von der Wickelkommode über die Gitter ihres Bettchens langsam zur Tür hangelt. Bald wird sie richtig laufen können. Er lächelt. Ja, Thea hat recht. Sie sind eine glückliche Familie, und es ist wundervoll, dass nach all dem Schrecken auch sein Vater noch einmal ein Glück gefunden hat.

Thorsten wird tun, was Thea gesagt hat. Er wird Ruhe geben.

***

Ja, damit wäre nun eigentlich Schluss: Susanna und ihre Mörderin sind tot, Herr Hertling hat eine neue Liebe und gleichzeitig seinen Frieden gefunden. Das mit seinen Kindern und Enkelkindern wird sich regeln, wenn sich alles eingespielt hat. Hofft er.

Allerdings, für die Ehe von Patrick und Petra gebe ich keinen Pfifferling mehr. Dabei könnte alles so einfach sein, wenn Patrick endlich zugäbe, dass er an jenem schrecklichen Nachmittag bei Pamela war, um seine Patricia zu besuchen. Da er aber nichts sagt, ist Petra überzeugt, dass ihr Mann die Frau seines Vaters umgebracht hat. Schließlich waren die Andeutungen ihrer Schwiegermutter mehr als eindeutig. Nicht, dass sie wirklich entsetzt wäre, so weit will ich nicht gehen. Schließlich hat er es ja für sie und Phinchen getan. Aber sie hätte es ihm halt nicht zugetraut. Klar, welche Ehefrau würde ihrem Ehemann, den sie naturgemäß irgendwie liebt und sehr gut kennt, schon einen brutalen, grausamen Mord zutrauen? Die wenigsten. Oder? Du vielleicht?

Ebenso leicht wäre es für Petra, zu gestehen, dass sie nach dem Streit mit ihrer Schwiegermutter drei Stunden mit verheulten Augen durch den Sophienhof gestiefelt ist und beinah ein Pelzjäckchen für sündhaft teures Geld erstanden hätte, um sich zu trösten. Da sie dazu aber zu stolz ist, ist sich Patrick sicher, dass Petra seine Mutter ins Wasser geschubst hat. Irgendwie kann er es beinah verstehen. In letzter Zeit hat die Mutter schon ziemlich genervt. Aber dass Petra so weit gehen würde, hätte er nicht gedacht.

Beide reden nicht darüber. Nie kommt ein Wort gegenseitiger Anklage oder Verteidigung über ihre Lippen. Sie leben nebeneinanderher und haben einen Berg des Schweigens zwischen sich. So eine Ehe kann nicht lange gut gehen. Aber vielleicht täusche ich mich ja. Wer kennt nicht in seinem Bekanntenkreis Ehepaare, bei denen man denkt: Was die sich alles an den Kopf geworfen haben! Wenn sie geschwiegen hätten, hätten sie glücklich zusammenbleiben können bis zum Ende aller Tage.

Aber das arme Phinchen. Wie wird sie wohl weiterleben können, wenn sie eines Tages herausbekommt, dass ihre eigene Mutter die Omama ertränkt hat. Und wenn sie dann obendrein noch mitkriegt, dass ihr Vater die schwangere Stiefomama abgeschlachtet hat, und zwar nur, um das Erbe zu retten – nein, schrecklich das alles. Und so unnötig. Opa hat schon wieder eine Neue, und die ist ebenfalls noch jung genug, um ein Kind zu kriegen. Gerade noch so eben.

Na, vielleicht kriegt Phinchen das ja alles nicht raus.

***

So weit ist also alles in Ordnung. Auch Herr Schmidt ist mit sich recht zufrieden. Er sitzt in seiner Sitzgruppe, die er eigentlich nur für Kundengespräche angeschafft hat, trinkt Gin und raucht eines seiner Zigarillos für besondere Gelegenheiten – das letzte übrigens. Die Gelegenheit ist zwar nicht so besonders besonders, aber die Zigaretten sind ihm ausgegangen. Und die Flasche Aquavit ist auch leer. Das allerdings ist wirklich schade, denn er findet schon, dass er sich einen Aquavit verdient hätte.

Wer hat es schließlich vorhergesagt, dass Frau Hertling etwas passieren würde? Er hatte es gesagt! Überdeutlich. Aber natürlich hat mal wieder niemand auf ihn gehört. So nett, wie dieser Hertling ist, und wirklich arm dran mit seinen zwei toten Frauen, ist er aber auch ein bisschen stur, das muss er schon sagen.

Herr Schmidt trinkt einen Schluck Gin und bläst Rauch in die Luft. Dass Frau Hertling sich umbringen würde, hätte er allerdings nicht gedacht. Vielleicht ist er doch nicht so ein guter Detektiv, wie er bis eben noch gedacht hat, und es ist ganz richtig, dass er sich statt mit Aquavit mit dem letzten Rest Gin begnügen muss, den er noch in der untersten Schreibtischschublade gefunden hat.

Er drückt das Zigarillo im Aschenbecher aus. Nicht mal ein Zigarillo hat er sich verdient mit seinen schwachsinnigen Verdächtigungen. Alles hat sich ganz einfach aufgedröselt. Frau Hertling hat Susanna umgebracht, sich dann selbst gerichtet, und der Finger war nur ein Dummejungen- beziehungsweise Dummemädchenstreich.

Er kippt den Rest Gin in sich hinein. Nun ist endgültig Tabula rasa. Nichts mehr zu rauchen, nicht das kleinste Tröpfchen Gin im Haus, und der Kühlschrank ist leer bis auf einen ungenießbaren Finger im Gefrierfach.

Das macht doch alles keinen Sinn, denkt er und springt auf. Recht hat er! Schließlich ist er ein reicher Mann, seit Herr Hertling ihn so großzügig alimentiert hat. Außerdem so unnötig. Wenn man in der Fleethörn wohnt, ist alles gleich nebenan: Oper, Rathaus, Bushaltestelle, Teekontor,

Pfeifengeschäft, Kiosk, Wochenmarkt, alles, was das Herz begehrt, entweder die Straße rauf oder die Straße runter oder gleich um die Ecke. Oper oder Rathaus begehrt sein Herz jetzt gerade nicht so stark, aber der Supermarkt ist fußläufig zu erreichen und hat geöffnet. Supermärkte haben heutzutage ja beinah rund um die Uhr auf.

Früher, als alle Welt noch von acht bis siebzehn Uhr arbeitete, gab es noch ein ganz enges Ladenschlussgesetz, und besonders die berufstätige Frau konnte schier verzweifeln, wenn es ans Einkaufen ging. Aber damals arbeiteten ja auch nur die Frauen, die es wirklich nötig hatten, und die hatten sowieso kein Geld zum Einkaufen. Heute, zu Zeiten der Gleitzeit, wo es nun wirklich nicht mehr nötig wäre – wie gesagt: alles geöffnet, beinah rund um die Uhr.

Nach einer halben Stunde ist Herr Schmidt mit voller Plastiktüte zurück: drei Flaschen Gin, eine Stange Zigaretten und ein Kästchen Zigarillos für besondere Gelegenheiten. Für das leibliche Wohl ist damit also gesorgt. Und zu essen hat er auch gleich was mitgebracht. Er gießt sich ein Glas Gin ein, zündet sich eine Zigarette an und geht zur Sitzgruppe.

Das macht doch alles keinen Sinn, denkt er und setzt sich.

Frau Hertling kann es nicht gewesen sein, und wenn sie es zehnmal zugegeben hat. Und wenn sie es nicht war, dann hat sie auch keinen Grund gehabt, sich umzubringen. Und die Sache mit dem Finger ist auch noch sehr nebulös. Was hatte Pamela gesagt? Sie habe ihn aus der Anatomie geklaut und an Petra geschickt, hatte sie gesagt.

Zack ist Herr Schmidt aus seiner Sitzgruppe nur für Kunden hoch und sucht nach Petras Telefonnummer. In seinem Notizbuch wimmelt es nur so von Hertlingen. Er fischt die richtige heraus und ruft an.

Petras Herz fängt an, schneller zu schlagen, als sie hört, wer dran ist. Die Polizei ist schon sehr schlecht für ihren

Blutdruck, aber wenn ein Privatdetektiv anruft, weiß man überhaupt nicht, was auf einen zukommt.

Doch ihr Blutdruck geht wieder auf normal zurück, als Herr Schmidt nur ganz lapidar sagt, dass er wegen der Sache mit dem Finger noch mal kurz anruft.

»Ich hab das Päckchen kurz aufgemacht«, erklärt Petra, »gesehen, was drin war, und dann natürlich gleich: Adresse ›Frau Hertling‹ drauf und ab die Post – *return to sender.* Da hab ich gar nicht lang gefackelt.«

»Ich dachte, Frau Hertling hat nach der Scheidung ihren Mädchennamen wieder angenommen«, sagt Herr Schmidt erstaunt.

»Kein Gedanke dran«, lacht Petra. »Die doch nicht. Die hätte ihren Mann lieber heut als morgen zurückgehabt.«

Moment, jetzt mal ganz langsam. Da ist irgendwas gehörig durcheinandergeraten.

»Ich rede von Frau Pamela Hertling, geschiedene Nert«, erklärt Herr Schmidt.

»Und ich rede von Frau Johanna Hertling, geschiedene Hertling«, antwortet Petra, »obwohl ich bei Pamela natürlich genauso überzeugt bin, dass sie ihren Mann zurückhaben will. Aber den hab jetzt ich.«

»Also, hab ich das jetzt richtig verstanden: Ihren Mann haben Sie noch, aber den Finger haben Sie nicht mehr. Den haben Sie an Frau Johanna Hertling geschickt, weil sie dachten, er komme von ihr?«, vergewissert sich Herr Schmidt noch einmal.

»Genau so ist es«, sagt Petra.

»Und Sie glauben, dass Frau Johanna Hertling, nachdem sie Frau Susanna Hertling auf so schreckliche Weise umgebracht hat, ihren früheren Mann gerne wiedergenommen hätte?«, fragt Herr Schmidt.

»Natürlich«, sagt Petra und kommt ins Plaudern. »Aber der hat sie wohl abblitzen lassen. Da hat sie es über seine Sekretärin versucht. Die Kleinheim und sie waren doch zuletzt richtig dicke Freundinnen. Frau Kleinheim hat die Johanna sogar manchmal abends in die JVA zurückgefahren.«

»Ach«, sagt Herr Schmidt.

Das ist ja interessant. Jetzt braucht er wirklich einen Gin. Der steht aber noch auf dem Couchtisch und ist damit wie in einer anderen Welt, denn der Herr Detektiv hat noch eines dieser Dampftelefone mit Strippe dran und kann nicht vom Schreibtisch weg.

»Da sind Sie sicher?«, fragt er ungläubig.

»Todsicher«, sagt Petra. »Einmal hab ich es sogar mit eigenen Augen gesehen, wie die Johanna zu ihr ins Auto gestiegen ist.« Dass sie damals wutentbrannt hinter ihrer Schwiegermutter hergestürmt ist und ihr gehörig die Meinung geigen wollte, lässt sie weg und fährt fort: »Vor dem Bahnhof hatte die Kleinheim im Wagen auf sie gewartet, Küsschen rechts, Küsschen links, und dann sind die beiden abgedampft. Das muss kurz vor ihrem Tod gewesen sein.«

Also nun braucht er wirklich seinen Gin. Er stellt das Telefon ganz an den Rand seines Schreibtischs, läuft drum herum und hangelt mit lang gezogener Hörerstrippe nach seinem Glas. Als er es endlich zu fassen kriegt, segelt das Telefon mit Gepolter auf den Fußboden.

»Sind Sie noch dran?«, fragt er und nimmt einen großen Schluck.

»Was war denn das für ein Radau?«, fragt Petra.

»Ich hab die Handwerker im Haus«, sagt er nur kurz. »Also, noch mal ganz langsam«, nimmt er dann den Faden wieder auf, »Frau Johanna Hertling will ihren Mann wiederhaben, versucht sogar, über seine Sekretärin an ihn ranzukommen, bringt sich dann aber doch lieber um.«

»Ja, das hört sich merkwürdig an«, gibt Petra zu. »Aber vielleicht hat Frau Kleinheim ihr klargemacht, dass Herr Hertling mit der Mörderin seiner Frau nie wieder etwas zu tun haben will. Wenn sie mich fragen, die gute Johanna hatte sowieso eine gehörige Macke. Der war alles zuzutrauen. Da steckt man nicht drin.«

Herr Schmidt nickt. Man steckt nicht drin in den Frauen, was gerade für ihn zurzeit in besonderem Maße gilt, wie ihm jetzt schmerzlich bewusst wird. Die Krankenschwester ist wirklich schon verdammt lange her.

»Tja«, sagt er, »dann nichts für ungut und schönen Tag noch.«

»Auch so«, antwortet Petra, womit beide die klassische Form der banalen Verabschiedung auf den Punkt gebracht haben.

Man legt beiderseits auf.

***

Wieder gräbt Herr Schmidt in den zahlreichen Hertlingen seines Notizbüchleins und wählt die Nummer von Herrn Hertlings Büro. Wie erwartet hat er erst mal die Sekretärin, Frau Kleinheim, an der Strippe.

»Nein«, sagt sie, »der Chef ist nicht da. Soll ich was ausrichten?«

»Ach«, sagt Herr Schmidt, »es ist ja schon spät, dann wird er heute vielleicht gar nicht mehr ins Büro kommen. Ich versuche es morgen noch einmal.«

»Ist nicht nötig«, triumphiert Frau Kleinheim, »ich kann ihm jederzeit etwas ausrichten. Sogar mitten in der Nacht. Wir wohnen zusammen.«

»Nein, wirklich? Das freut mich aber«, sagt Herr Schmidt und dankt Gott, dass er den Gin mit an den Schreibtisch genommen hat. Diese Neuigkeit bringt seine Synapsen zum Schwingen, da ist Alkohol als Schmiermittel dringend erforderlich. »Herzlichen Glückwunsch. Wie ist das denn so schnell gekommen?«

»Was meinen Sie denn mit ›so schnell‹?«, fragt Frau Kleinheim spitz und will eigentlich empört auflegen. Aber dann geht doch ihr Mitteilungsdrang und auch ein bisschen Stolz mit ihr durch, und sie kommt ins Plaudern. Dass sie das Haus leer geräumt hat, erzählt sie, und einen wie guten Preis sie für die Möbel und überhaupt für das ganze Haus herausschlagen konnte, wie zauberhaft die neue Wohnung ist und der traumhafte Blick und überhaupt und alles. »Jetzt ist ja schon beinah Winter, da ist das egal, aber nächstes Jahr wird uns der Garten in Heikendorf schon ein wenig fehlen«, sagt sie. »Der war ja im Sommer zauberhaft. Dieser Duft von Maiglöckchen überall, die ganze Blütenpracht! Ein einzigartiger Anblick.«

In Herrn Schmidt hat sie einen guten Zuhörer. Wenn sie wüsste, wie gut er zuhören kann, hätte sie vielleicht nicht so viel erzählt. Aber so ist das manchmal: Im Überschwang des Glücks wird man unvorsichtig.

Nachdem beide unter gegenseitigen herzlichsten Wünschen und »Grüßen Sie Ihren neuen Lebensgefährten« aufgelegt haben, schenkt Herr Schmidt nach, zündet sich eine Zigarette an und setzt sich kerzengerade auf den Rand des Sessels, auf den er sonst nur König Kunde platziert.

Sie war es, schreien seine Synapsen. Diese Frau hat null Phantasie. Den Duft von Maiglöckchen kann sie sich nie im Leben vorstellen. Sie hat ihn gerochen!

Jetzt wird ihm alles klar. Es waren ihre kleinen Trippelschritte, die er vom oberen Treppenabsatz im Hertling'schen Haus gehört hat. Da hat sie von Frau Hertlings Computer aus eine Mail an Herrn Hertling, den Hurenbock, geschrieben, damit der weiß, was seine ehemalige Frau von ihm hält. Dann hat sie das Messer mit Frau Johanna Hertlings Fingerabdrücken genommen, ist mit einem Nachschlüssel vom Schlüsselbund des unvorsichtigen Herrn Hertling zu Frau Susanna Hertling in den sommerlichen Garten voller Maiglöckchenduft und Blütenpracht gegangen und hat zugestochen. So glaubte sie ihren Hertling endlich für sich einzufangen, bevor das erwartete Kind ihr das Ganze endgültig vermasselt. Und als Sahnehäubchen obendrauf geht die zweite potenzielle Rivalin als Mörderin ins Gefängnis. Die Bahn ist frei.

Ja, so muss es gewesen sein. Herr Schmidt nimmt einen großen Schluck Gin, fläzt sich gemütlich in den Sessel und überlegt, ob er sich nicht ein Zigarillo für besondere Gelegenheiten anstecken soll, so großartig, wie er den Fall gelöst hat. Doch mit einem Ruck sitzt er wieder senkrecht. Das Ganze ist immer noch nicht rund.

Denn die Bahn wurde ja gar nicht frei. Im Gegenteil. Erst sah alles vielleicht noch recht vielversprechend für Frau Kleinheim aus. Die alte Hertling hat den Mord sogar zugegeben. Warum eigentlich? Wahrscheinlich hat sie geglaubt, dass Patrick mit gezieltem Stich das Erbe sichern wollte. Was für ein Unsinn. Das kommt davon, wenn Mütter nicht loslassen können und ständig wie eine Glucke ihre Küken vor allem Unbill der Welt bewahren wollen.

Seine Synapsen laufen zur Hochform auf: Die Hurenbock-Mail hat sich als rechter Rohrkrepierer erwiesen. Statt sich nun endlich seiner getreuen Sekretärin zuzuwenden, kommen sich Herr und Frau Hertling wieder näher. Was blieb ihr übrig? Wer A sagt, muss auch B sagen. Sie war förmlich dazu gezwungen, Frau Hertling im Bootshafen zu ertränken.

Jawoll. So muss es gewesen sein.

Er steht auf, um sich jetzt doch das Zigarillo zu holen, denn nun hat er es: Frau Kleinheim hat zwei Menschen auf dem Gewissen. Er zündet das Zigarillo an und greift zum Hörer, um die Polizei anzurufen.

Nimm dir daran ein Beispiel: Falls du jemals zu der Überzeugung kommen solltest, dass du eine zweifache Mörderin kennst, die frisch, fromm, fröhlich und vor allen Dingen frei herumläuft, dann gibt es nicht viel zu überlegen. Geh zur Polizei und erstatte Anzeige, denn es gehört sich nun mal nicht, dass Mörder frei herumlaufen.

Andererseits – vielleicht solltest du es doch nicht tun. Das gibt nur Ärger und jede Menge Lauferei.

Ja, Stress ohne Ende. So zumindest denkt auch Herr Schmidt. Außerdem ist er nicht dazu da, dem Recht zu seinem Recht zu verhelfen. Er muss nur seinen Auftraggeber zufriedenstellen, und ob Herr Hertling sehr zufrieden sein wird, wenn er erfährt, dass seine neue Liebe seine beiden alten Lieben umgebracht hat, ist mehr als zweifelhaft.

Außerdem: Den Mord im Haus in Heikendorf kann die Kleinheim geschafft haben. Schließlich wird es ein Leichtes für sie gewesen sein, sich Herrn Hertlings Schlüsselbund »auszuleihen«. Aber wie soll sie das mit Frau Hertling angestellt haben? Lebendig hätte die sich doch nie in den Bootshafen schubsen lassen. Und tot? Wie soll Frau Kleinheim eine Frau, die mindestens einen Kopf größer ist, umbringen und dann im Bootshafen versenken? Ist alles Unsinn. Eine lebendige Frau Hertling wäre zu widerspenstig, eine tote zu unhandlich.

Nein, sie kann es doch nicht getan haben. Es wird schon so gewesen sein, wie alle sagen: Johanna hat Susanna erstochen und ist dann ins Wasser gegangen.

Er drückt das Zigarillo wieder aus.

***

So, nun ist aber endgültig Schluss. Die beiden Frauen sind tot, Herr Hertling hat zwar große Teile seiner Freiheit eingebüßt, dafür aber jeden Morgen einen frisch gepressten Orangensaft mit Blümchen auf dem Tisch, und nächtliches Herzklopfen hat ganz natürliche Gründe.

Thorsten und Thea werden sicherlich dank des bekanntermaßen fürstlichen Lehrergehalts ein Häuschen erwerben können. Vielleicht in Neuwittenbek, also dicht am Kanal und trotzdem dank seiner ländlichen Lage erschwinglich. Außerdem nahe bei Suchsdorf. Dann wohnen die beiden

Schwägerinnen dicht beieinander und können ihre Küken am Kanal spazieren führen. Da gibt es zwar keine Entchen, aber dafür Schiffchen. Bis zu vierzig Meter hohe Schiffchen, die grad noch unter den Brücken durchpassen. Die können den Entchen die Schau stehlen. Aber sie sind nicht ungefährlich! Stell dir vor, du gehst da spazieren, und just in dem Moment rasseln vor deiner Nase zwei Schiffe ineinander – und du hast keinen Fotoapparat dabei. So was könnte man sich sein Leben lang nicht verzeihen. Also immer schön Handy mitnehmen! Für den Fall der Fälle. Handys machen auch ganz passable Bilder.

Petra wird sich in Johannas Reihenhaus ohne Frage pudelwohl fühlen, und dass sie und ihr Mann sich anschweigen, wird sie bald gar nicht mehr merken. Statistisch gesehen reden normale Eheleute sowieso nur acht Minuten pro Tag miteinander. Wenn die auch noch wegfallen, wen stört das?

Also alles Friede, Freude, Eierkuchen.

Zu guter Letzt vielleicht noch ein kleiner Tipp. Wenn du mal etwas Unhandliches in deinen Kofferraum bugsieren musst, dann mach es einfach so: Sag »Ach, eh ich es vergesse: Schauen Sie doch mal in meinen Kofferraum. Ihr Mann hat mir etwas für Sie mitgegeben.« Und wenn das Unhandliche dann neugierig in den Kofferraum schaut, von hinten ein tüchtiger Schlag mit dem Hämmerchen und rein damit. Klappe zu, Affe tot. Macht auch nichts, wenn der Affe noch nicht ganz tot ist. Und wenn du dann das Unhandliche wieder loswerden willst, fahr einfach zum Bootshafen. Da ist es – sagen wir mal, so gegen drei Uhr nachts – menschenleer. Du kannst in aller Ruhe mit deinem Auto ganz dicht ranfahren, das Unhandliche aus dem Kofferraum wuchten und es Stufe für Stufe runter ins Wasser schubsen. Vielleicht stehst du noch ein Weilchen und schaust, ob das Teil auch absinkt. Ich denke da an die großartige Szene aus »Psycho«, in der Anthony Perkins im

Kaugummikauen innehält, als der Wagen nicht weiter im Teich versinkt.

Aber dann blubbert dein unhandliches Teil und geht abwärts. Du kannst beruhigt weiterkauen.

Cornelia Leymann
KIELER SPROTTE
Broschur, 176 Seiten
ISBN 978-3-95451-279-9

»Mit sehr charmantem, hintersinnigem Witz und äußerst unterhaltsam wird die Geschichte von Frau Wegener erzählt und der Leser dabei auf vergnügliche Weise immer wieder auf Kieler und menschliche Unzulänglichkeiten gestoßen.«
lebensart Magazin Kiel

www.emons-verlag.de